La última actriz

Seix Barral

Tamara Tenenbaum

La última actriz

Obra editada en colaboración con Editorial Planeta – Argentina

Bajo el sello editorial SEIX BARRAL M.R.
Avenida Presidente Masarik núm. 111,
Piso 2, Polanco V Sección, Miguel Hidalgo
C.P. 11560, Ciudad de México
www.planetadelibros.com.mx

Primera edición impresa en Argentina: marzo de 2024
ISBN: 978-631-6508-92-8

Primera edición impresa en México: agosto de 2024
ISBN: 978-607-39-1839-8

Impreso en Operadora Quitresa S.A. de C.V.
Goma 167, Granjas Mexico, Iztacalco,
Ciudad de México, C.P. 08400
Impreso en México - *Printed in Mexico*

Para Violeta, la primera actriz, en todos los sentidos
y para Euge, que me enseñó a amar el teatro.

Googleo "atentado a la AMIA". Hago zoom, una y otra vez, sobre todas las fotos que aparecen. Ya conozco estas fotos en sus versiones analógicas, las he visto con lupa, pero creo que lo del zoom es más efectivo; habría que ver si está medido eso, no estoy segura, en fin, de todos modos: hago zoom una y otra vez sobre las fotos del atentado, por si se ven papeles. Por si se ven todos los papeles y los archivos que no encuentro, todo eso que hoy no está, esas pérdidas que nadie lamentó porque nadie piensa en los papeles cuando se mueren personas. No veo nada, por supuesto. No entiendo bien de qué me estoy agarrando, ni qué me gustaría encontrar: y si viera los papeles ¿qué? Es imposible descifrar si son papeles importantes o fotocopias intrascendentes, si en esos documentos se cifra la clave de la historia de la cultura judía en Argentina, si hay un volante o una reseña de un diario comunitario que contenga la pista definitiva sobre la última actriz del teatro judío, o si es sencillamente el dorso de un DNI, la copia legalizada de una libreta cívica o un talonario de facturas, una de esas cosas que solo importan ese día, que se imprimen para tirarse, para lo contrario de la posteridad. No sé si alguien piensa mucho en esto pero más allá de los archivos que guardara, de los textos o los libros que pudiera contener, más allá incluso de las personas que la ocupaban, la AMIA no era un templo ni una biblioteca: la AMIA era una puta oficina llena de papeles idiotas.

N. de la A.: el 18 de julio de 1994 el edificio de la AMIA, la mutual judía de la ciudad de Buenos Aires, voló por los aires a causa del ingreso de un coche bomba, en lo que se conoce como el atentado más importante de la historia argentina. Hubo 85 muertos, 300 heridos y muchísimos papeles quemados. Mi padre murió en ese atentado, pero esta novela no se trata de mí ni de eso sino de otra cosa, de otra cosa y de otra época. Se trata de mi ciudad, no de mi padre ni de mí pero sí de mi ciudad, del teatro judío en Buenos Aires y de los papeles quemados.

Primera parte:

Jana y Sabrina

De: jaimhoffman@yahoo.com.ar
Para: sabrinak1988@gmail.com
Fecha: 18-04-2022, 14:44
Asunto: RE: Propuesta de codirección de doctorado UBA-CONICET

Estimada:

Espero que este correo la encuentre bien. Sobre su interés en mi obra temprana, que agradezco muchísimo, debo decir que me sorprende. Hace años que no me dedico al teatro judío, y si abandoné el tema fue porque tuve la sensación, primero y principal, de que ya no había mucho más que decir sobre el tema; segundo, que lo que hubiera para decir, no había nadie a quien le interesara escucharlo.

Con respecto a la propuesta de codirección del doctorado, no tengo problema en poner la firma, si usted dice, como dice, que los requisitos formales están en regla. Y en lo que refiere a mi participación efectiva, haré todo lo que esté en mi mano para ayudarla. Cuando le parezca podemos tomar un café para discutir el asunto: más en detalle.

Un caluroso saludo,

Jaim

De: sabrinak1988@gmail.com
Para: jaimhoffman@yahoo.com.ar
Fecha: 24-04-2022, 17:01
Asunto: RE: RE: RE: Propuesta de codirección de doctorado UBA-CONICET

Profesor, le agradezco muchísimo el tiempo y la disposición del encuentro de ayer. Más allá de su modestia, le aseguro que para mí fue de gran ayuda, como sé que lo serán siempre sus intervenciones. En la emoción de los recuerdos nos olvidamos de la cuestión administrativa: le adjunto aquí la carta que tendría que firmar, si la puede firmar digitalmente yo la imprimo y la llevo al departamento, y si no por favor no se haga problema, porque puedo imprimirla y dejársela en su casa para firmar.

Mi mayor agradecimiento y un cariño

Sabrina

¿En la emoción de los recuerdos? Dios mío. Soy capaz de escribir cosas increíblemente horribles cuando quiero ser menos cínica para conectar con alguien; lo peor es que creo que esas expresiones horrendas me acercan más a quien soy en realidad, a la persona que sería si solo interactuara con gente de verdad y jamás con académicos, jamás con mis amigos. "Firmar digitalmente" es aún más fea, pero esa la puse de vaga nada más.

Jaim me preguntó por qué me dedicó a esto y entonces tuve que volver a pensar en algo que no me preguntaba hacía años, para explicárselo. Es largo el camino, pero se lo hice lo más corto posible. Empecé a estudiar Artes porque quería ser actriz pero no sé actuar, de verdad no sé, o sea, de verdad no puedo. Debería volver a tomar clases porque cuando no entreno me apago como un animal enfermo, pero cuando entreno sufro: sufro porque sé mirar, porque tengo el talento de ver quiénes tienen talento, y entonces no puedo ir a jugar, no puedo no pensar en la blandura que no tengo, pero tampoco puedo dejar de ir, ahora hace seis meses que no lo hago y siento el corazón todo marchito, como un montón de ramas secas que crujen. A todo esto le puse palabras ya de grande pero lo entendí de muy muy chica, cuando fui al casting de la película *El faro* que terminó ganando Jimena Barón. Yo tenía diez años, Jimena debía tener uno más. Mi mamá guarda un video de ese casting, del mío, claro: es una vergüenza que siquiera me hayan dejado ir. Estoy dura, durísima, con los brazos pegados al torso y balanceando el peso del cuerpo de un lado a otro como una psicótica, el cuello para adelante, como un gallo, tenso como una media cancán que estirás para ver dónde se rompió. El texto lo digo bien: nunca tuve problemas con eso, lo que faltaba. Pero en la mirada, nada: una jaula vacía. La señora que dirige el casting de niños —hoy puedo ver que no era una señora: no debía tener más de veinticinco años— me dice que me afloje, que salte, que probemos con improvisar. Recuerdo perfectamente pensar que esta parte me tiene que salir bien, que yo soy la que mejores composiciones escribe en todo el grado, que seguro puedo escribir algo en el aire, algo buenísimo. La señora de veinticinco años me dice que hable de mi familia, que cuente la historia más divertida que recuerde sobre mis hermanos. Me congelo. Improvisar no es escribir en el aire. No se parece en nada a escribir y en nada a estar en el aire. Improvisar es estar en el piso. Soy buena pensando en estas cosas: eso lo sé. Todo esto para decir, primero, que odio a Jimena Barón, porque la vi en esa película después, la vi también en una telenovela, y es una actriz buenísima, tiene una frescura que no se compra, una frescura que yo no puedo comprar, y encima dejó de actuar para dedicarse a lo que sea que es eso que hace hoy. Segundo, perdón, esto era lo importante: que como ya estaba claro que yo no iba a actuar, pensé que tendría que ser crítica de cine, para poder mirar actores todo el día, y por eso estudié Artes. Terminé investigando teatro porque la gente del cine era insoportable y porque en la época en que yo estudiaba había arrancado esa moda de no actuar en el cine, y eso me ponía nerviosa.

Me refería a la cuestión del teatro ídish, me dijo Jaim, que por qué me dediqué a eso: le dije que lo entendía, que solo había decidido empezar mi respuesta muy atrás. Yo venía buscando alguna cosa en el teatro argentino de las primeras décadas del siglo XX: me interesaba trabajar con cuestiones de puesta, de dirección, porque es lo que más me gusta y porque había algo del trabajo arqueológico que me seducía, de desenterrar algo que en realidad ya no se puede desenterrar, que no se puede encontrar porque no es un texto, no está en ningún lado: algo de eso me excitaba, me parecía más genuino ese "investigar" que el investigar de los que se sientan a analizar un texto que está ahí, ya está, como mucho le podés dar una explicación mejor o peor pero nadie te necesita para hacerlo visible. Y bueno, buscando una puesta de *El rey Lear* llegué a una versión que había hecho la compañía del IFT, el *Idisher Folks Teater*, que fue el primer teatro judío de Buenos Aires y uno de los más importantes, y casi por error empecé bucear en esta tradición, la del teatro judío, quiero decir. No me llamaron particularmente la atención las obras, salvo por un detalle: todas parecían tener algo que ver con una transición, una transición del mundo. Un mundo transformándose en otro. La ansiedad de un mundo medieval que de pronto se encuentra invadido, infiltrado, por las urgencias de la modernidad: el amor, el deseo, la realización individual. No fue una cosa a primera vista, pero guardé en algún lugar ese interés, y un día se lo comenté a un profesor que se dedica a historia de la música, nada que ver, pero que siempre quiere hablarme de judaísmo por el apellido que tengo, que parece judío pero no, es rumano nomás. Mi mamá sí es judía y por eso yo lo soy pero eso nadie tiene por qué saberlo, a menos que se me note en la cara, yo creo que no. Cuestión que le dije a este profesor, como al pasar, que había estado buscando algunos detalles sobre una puesta de *El rey Lear* en la que habían participado varios miembros de la compañía del IFT pero de la que no sabía nada, y el tipo me dijo, es una pena realmente que todo ese material se haya perdido, por suerte de las puestas de los cincuenta y los sesenta queda gente que recuerda cosas. Le dije que la magia del teatro era esa, lo que dije antes: que siempre se pierde. Y me dijo que sí, pero que en este caso no había sido magia ("no fue magia", le dije, como la frase kirchnerista, pero no entendió o no le hizo gracia): todos esos papeles estaban archivados en la AMIA, y se habían quemado ahí. Muchas cosas se rescataron, me dijo el tipo, porque en los días que siguieron, así como había gente que en los escombros buscaba cuerpos, documentos, rastros de seres humanos, hubo estudiantes que vinieron con sus profesores a buscar y organizar lo que pudiera salvarse del archivo. Pero muchas cosas se perdieron, obvio, y sobre todo se perdió el orden, me dijo, la posibilidad de reconstruir un pasado con cierta seguridad. Fue en ese momento, le dije a Jaim, que decidí que yo me iba a dedicar a ese pasado. No es que me llamara la atención ese mundo, no más que cualquier mundo, si a mí igual me interesa cualquier cosa: lo que me convocaba era que hubiera desaparecido, que sus huellas estuvieran quemadas o dispersas. Si alguien te cuenta que hay una ciudad sumergida bajo el Río de la Plata no hace falta que sea una ciudad interesante para que te interese.

También tuve que decirle a Jaim por qué me acerqué a él, por qué lo llamé. Le dije la verdad: se le ocurrió a Gabriel, mi director. Me lo dijo un día que nos acabábamos de levantar, en una de esas conversaciones que sé que no sucederían jamás si no compartiéramos la cama. Que estaba bien que él siguiera siendo mi director, que le daban los puntajes de CONICET, y que aunque medio se dedique a otra cosa como es judío nadie se anima a preguntar mucho —porque además no hay nadie que estrictamente investigue teatro ídish, aparte de mí ahora, digamos— pero que él no habla ídish y ahora que yo estoy aprendiendo lo voy a dejar atrás muy rápido, y que está este profesor Jaim que es de Letras, que investiga las huellas del judaísmo en la literatura argentina contemporánea, y que va a estar más familiarizado con las fuentes, en fin, todo eso. Lo de la cama por supuesto no se lo dije.

De: secinves@filo.uba.ar
Para: sabrinak1988@gmail.com
Fecha: 30-04-2022, 14:02
Asunto: RE: documentación codirección doctorado

Hola Sabrina, te escribo de la Secretaría de Investigación, no se aceptan firmas escaneadas, necesitamos la firma de puño y letra. La necesitaríamos para el viernes pero si no llegás no te preocupes porque lo más probable es que salga una prórroga.

Atte.

Patricia
Secretaría de Investigación y Posgrado - Facultad de Filosofía y Letras - Universidad de Buenos Aires

Ayer Gabriel me dijo que van a firmar los papeles del divorcio. No sé por qué piensa que me importa tanto; está bien que me lo cuente, qué sé yo, como cosa suya, como yo le cuento de la sucesión de mi viejo o de las peleas con mi mamá o de lo que sea, pero siento que me lo cuenta como algo más, como si creyera que me importa que todavía esté legalmente casado con ella. Me parece anticuado, pero no por hacerme la superada. De verdad no me importan los papeles. La parte que me importa no se resuelve con papeles.

En mi cabeza trato de hacer una línea de tiempo, o un cuadro de doble entrada: la variable temporal, por un lado, y las ganas que tenía de que me vieran con él o de que no me vieran con él, por el otro. Sería así, a ver:

	Momento 1: Cursada de la materia	Momento 2: Termina la materia pero sigo en el grado	Momento 3: Me recibo pero no empecé el doctorado	Momento 4: Empiezo el doctorado
Ganas de que me vean con él (de 1 a 10)	**10**	**8**	**4**	**?**

Contrario a lo que podría parecer (¿parecerle a quién? Como si alguien estuviera pendiente de lo que hago o dejo de hacer), durante la cursada de Historia del Teatro Universal no pasó nada entre Gabriel y yo, pero me encantaba que me vieran con él, que sospecharan, que se hicieran ideas, que circularan rumores. Para afuera decía que no, porque no queda bien, pero me hacía sentir linda que se comentaran cosas, que alguien de verdad pensara que yo me podía estar cogiendo a Gabriel, porque eso significaba que quizás efectivamente me lo podía coger (como después sucedió). Me gustaba ser de esas chicas que andaban cerca de la cátedra, que eran adscriptas o podrían serlo, que conversaban sobre proyectos de investigación aunque no fueran a armarlos nunca; la clase de gente a la que llaman cuando se abre una convocatoria de una beca aunque nadie sepa bien qué te interesa, o *a qué te dedicás*, como decíamos en esa época, como supongo que todavía dice la gente del grado, no puede haber cambiado tanto si ni cinco años pasaron. Es bizarro si lo pienso: yo decía que me dedicaba al teatro argentino de los sesenta porque quería dedicarme al teatro argentino de los sesenta, pero no hacía nada, a lo sumo había escrito alguna ponencia. Y sin embargo no decía que me "iba a dedicar", decía que me dedicaba; como si un estudiante de medicina, en lugar de decir "soy estudiante de medicina", dijera "soy médico". Nadie te lo discutía, aunque quizás a algún docente mayor le producía un poco de ternura. Entre los jóvenes, sin embargo, no había un milímetro de ironía cuando hablábamos de eso: insistíamos en la seriedad de lo que hacíamos como quien juega a la casita. Y andar cerca de Gabriel, sentarme en el asiento del acompañante de su auto, dejar que me llevara de acá para allá y pensar que a él también le encantaba que lo vieran conmigo y sospecharan que cogíamos en secreto era mi juego preferido, era el día en que se casaban las Barbies.

En la universidad descubrí una nueva forma de ser hermosa, en la que podía ser mucho mejor de lo que había sido en todas las otras formas que había conocido hasta ese momento. No sabría cómo describirla aunque hace años que lo intento. Sería fácil decir que se trataba de ser inteligente o de ser talentosa o de ser buena en eso que hacíamos, pero no era exactamente eso. Era una forma de hablar y una forma de discutir. Eso era: un tono. Me fui dando cuenta de algunas cosas. En el secundario, o al menos en el Normal al que iba yo, lo que te hacía fama de inteligente era refrasear: poder decir lo que había dicho el profesor de Historia pero con otras palabras. En cambio en Puan (como aprendí a llamar a la facultad de Filosofía y Letras de la UBA para que nadie dudara ni por un segundo de que pertenecías allí y por eso llamabas a la universidad por el nombre de la calle en la que se encontraba; también se podía decir "Filo" pero era un sobrenombre un poco más institucional, como el apodo con el que te llaman tus padres pero no tus amigos) había un valor en aprender a usar las mismas palabras que usaban los profesores, en el mismo sentido en que ellos las usaban. Eran contadas las ocasiones en las que valía la pena introducir alguna palabra nueva, y había que hacerlo con una música precisa, una música que dijera que lo que estabas haciendo no era una paráfrasis sino un concepto nuevo. No estoy diciendo que no crea en el conocimiento verdadero, que todo sea una paparruchada: para nada. He llorado leyendo textos sobre teatro y sobre cine; soy tan capaz de emocionarme leyendo un ensayo crítico como mirando una película. Me conmueve la capacidad de un texto de hacerte ver una obra de nuevo en un microsegundo, me parece increíble que una interpretación pueda de pronto renovarte toda la experiencia, que la película vuelva a pasar entera delante de tus ojos y que ya nunca puedas volver a recordar cómo era verla sin esos conceptos en la cabeza. Pero no estoy hablando de eso: hablo de una vida en común, de una socialización, quizás incluso de algo más específico, una socialización femenina en la academia. Cuando empiezo a pensar que esto también es una forma de actuación me cacheteo a mí misma, si yo tengo clarísimo que actuar no tiene nada que ver con esto, actuar es saber hacer poesía, no saber hacerse la piola. Basta: pierdo el hilo, me hundo en mis propias notas al pie.

No cogimos por primera vez hasta que no terminó la cursada, como indica el manual tácito de las buenas prácticas, o así era cuando yo era más chica, ahora quizás no se puede nada. Entonces: había terminado la cursada, era verano, yo tenía 24 años y vivía con mi mamá, así que me la pasaba en la facultad. Enero era un mes horrible porque la facultad estaba cerrada y la gente se iba a la costa, y a mí nadie me había invitado a ir a la costa, tenía un montón de amigos pero o bien ninguno se iba a la costa o ninguno era tan amigo como para invitarme a ir a la costa. Pero entonces ya era febrero, faltaba poco para la primera fecha de finales y ya había abierto la biblioteca así que me levantaba a eso de las 10 e iba para ahí con un amigo que era gay pero en esa época creía que estaba enamorado de mí, leíamos en la biblioteca hasta las tres de la tarde y ahí nos comprábamos un pebete de jamón y queso y arrancábamos con la birra, así más o menos todos los días. Los profesores, mientras tanto, hacían una existencia paralela: tenían reuniones en las oficinas, venían a hacer trámites. Los veíamos a veces tomar cerveza, en los bares caros de la facultad a los que nosotros no íbamos. Nuestros calendarios se cruzaban un par de veces al mes, en las reuniones de los grupos de investigación: martes por medio Diego, mi amigo, tenía un UBACyT interdisciplinario sobre historia de la arquitectura; mi grupo de teatro del siglo XX se reunía todos los lunes menos el último del mes. Los días que cada uno tenía grupo íbamos un poquito mejor vestidos y tratábamos de tomar agua.

Gabriel me llevaba siempre a mi casa en su auto después del grupo, para seguir alimentando los rumores, pero llevaba tanto tiempo haciéndolo que yo empezaba a sospechar que no me iba a besar jamás, si toda la cursada me había llevado y nunca habíamos estado ni cerca de que pasara nada. Si lo pienso me llevaba diez años nomás, no es tanto realmente, pero en esa época era un montón y creo que era un montón porque yo quería hacer lo mismo que él: no era cualquier persona de treinta y cinco años, era la persona de treinta y cinco años que yo aspiraba a ser. No tenía horarios pero fingía que los tenía, igual que yo en la biblioteca de la facultad pero en una oficina que compartía en un centro de investigación. Usaba sacos y zapatos, también, para parecer más grande: la gente de treinta y pico en el mundo real anda en zapatillas y ropa de trapero, pero los profesores de esa edad en la universidad llevan chalecos y maletines para marcar la diferencia con los estudiantes que hacen prácticamente la misma vida que ellos, hablan de las mismas cosas que ellos, *son* ellos en otra época pero en la misma época, en otro momento de la vida pero en el mismo lugar, esa es la cosa, dos momentos de la vida, la juventud y la adultez, que transcurren en el mismo lugar con una continuidad que asusta. Marcan la diferencia porque hace falta marcarla, no alcanza con lo que hay para marcarla; no hay más dinero, no hay una vida más organizada, lo que hay de distinto es insuficiente.

Cuestión que nunca pasaba nada y él era distante hasta que un día no pudo más, y se puso a llorar en un semáforo. No pudo más de la distancia, no de ganas de cogerme a mí, yo creo que ni ganas tenía, solo disfrutaba de mi presencia como los hombres disfrutan siempre de la presencia de chicas más chicas mientras no les pidan nada. Digo que no pudo más porque se puso a llorar y prácticamente sin que yo le preguntara me empezó a contar que su matrimonio estaba en crisis, que su mujer estaba embarazada y que él sabía que le quedaban tres años más, el mínimo decente, siete meses de embarazo y dos mínimo, no te podés separar con un nene más chiquito que eso, pero que le parecía demasiado, que están en la cama y no se hablan, solo se hablan de cosas del médico y cosas de las casas, y cuando él trata de hablarle de otra cosa ella sencillamente lo mira con cara de no entender y se va a hacer algo que parezca útil o se queda dormida o prende la tele, y ella, ella nunca trata de hablarle de otra cosa, ni se le cruza por la cabeza. Ahora que tengo casi treinta empiezo a empatizar más con las esposas que con las amantes, como cuando vas dejando de ser nena y empezás a empatizar más en las historias con las madres que con las nenas. Si lo pienso bien a mí lo segundo todavía no me termina de pasar, sé que tengo que estar del lado de las madres pero siempre en mi corazón estoy con las nenas, pero lo de las esposas y las amantes sí, no tengo nada bueno para decir del matrimonio ni de la monogamia bla bla pero ya no me identifico con ese lugar de la mina que te escucha hablar mal de tu novia y te acaricia la cabeza. Así como en mi corazón siempre estoy con las nenas, hoy sé en mi corazón que las cosas que dicen los tipos sobre sus novias en general no son mentiras pero casi siempre son malentendidos, y si volviera a estar en esa situación no sabría qué hacer ahora, porque no te puedo dar la razón pero tampoco te voy a discutir, mucho menos si estoy enamorada de vos, así que a veces tampoco sé bien qué hacer con estos recuerdos, los recuerdos de esos primeros encuentros con Gabriel que se trataban de imaginar cómo sería su mujer y hacer exactamente lo contrario. Tragársela toda, toda la pija y todo el semen también, tragarlo todo para ser inolvidable. Dormir en tanga y con las musculosas que en general uso para estar vestida, cosas que me queden bien. Hablarle de cosas interesantes, de todas esas cosas de las que ella no le habla, de películas del MALBA, pero no hablarle de mis amigas, eso ya me di cuenta, no es que le molesten mis amigas, Gabriel no es un violento ni nada parecido, le encanta que las tenga y le caen bárbaro, pero bien rápido me di cuenta de que las historias de mis amigas no le interesaban. El chisme en general no le interesa, salvo que sea chisme académico: nada de quién cogió con tal, pero sí la lista de la gente que ganó la beca, quiénes los dirigen, esas cosas, esa info le sirve y por eso la acumulo, empiezo yo a estar al día con esos temas y me convenzo de que es lo mejor para mi carrera.

Esa primera noche, la noche que lloró, cogimos en un telo cerca de mi casa. Días después empezamos ese juego de las parejitas en que empiezan a reconstruir los momentos que los llevaron adonde están, a escribir esa historia privada que alguna vez esperan contar en una reunión de amigos, pero que en realidad sirve sobre todo para eso, para alimentar un pasado común del que agarrarse primero para enamorarse y después para tratar de no desenamorarse. Le pregunté por qué había tardado tanto en hacer un avance y me dijo que era porque estaba seguro de que yo estaba de novia con Diego pero sobre todo que no le iba a dar bola, lo de Diego era menor, me dijo, y yo creo que quizás incluso le calentaba, o lo tranquilizaba, la idea de que yo también estuviera siendo infiel, que fuéramos el mismo tipo de gente. Ya vivimos en el futuro y la infidelidad sigue siendo la transgresión de la clase media por excelencia. La forma más inocente de la transgresión, la transgresión para beginners. Me gusta que hay todo tipo de discursos sobre las relaciones abiertas y los acuerdos y todo eso pero el vocabulario sobre romper acuerdos no ha avanzado nada, sigue siendo súper elemental, sigloveintista, pero porque necesitamos que siga siendo eso, que siga existiendo algún tipo de trampa que en el fondo no rompa nada, tener amantes, drogarse un poquito, esas cosas. Qué se puede hacer salvo ver películas. Qué se puede hacer salvo ser infiel y tomar cocaína. Estoy cansada de mí misma, igual. Hay que poder participar de alguna ficción cada tanto, Madame Bovary, la ficción de que vale la pena, de que todo esto es porque nos enamoramos con locura, que yo siento que en algún punto es cierto, no sé, no me lo puedo terminar de creer. Debe ser por eso que nunca pude actuar. Es exactamente eso.

De: gabrielgorelik@filo.uba.ar
Para: sabrinak1988@gmail.com
CC: jaimhoffman@yahoo.com.ar
Fecha: 10-05-2022, 14:02
Asunto: reunión

Estimados,
Ahora que Sabri resolvió el asunto de sus papeles me parece que estaría bueno que nos juntáramos los tres para organizar la dinámica de la codirección. Mi idea, Jaim, es que te molestemos lo menos posible, pero dado que sos el experto real en el tema que nos ocupa "lo menos posible" probablemente termine siendo bastante, jeje. Pasanos tus horarios y vamos organizando este primer café entonces.

Un abrazo,

Gabriel

Odio que ponga "Sabri" en el mail formal que le manda a Jaim: es su manera contraseña de decirle que cogemos. Igual Jaim es tan viejo y vive tan otra que quizás ni lo detecta.

A Gabriel Jaim le sirve para algo, pero no sé bien para qué. Me doy cuenta por el interés que le está poniendo; no quiero decir que él no haya sido generoso con mi carrera académica, porque siempre lo fue. Gabriel me lee, me escucha cuando le hablo de mis temas, me recomienda siempre cosas que me sirven. No es ni paternalista ni envidioso en ese sentido, y un poco yo me enamoré de eso, fue gracias a eso en una medida bastante grande. Al principio pensaba que era importante entender si él me gustaba porque me gustaba en sí o si me gustaba porque me prestaba atención, lo charlaba con mis amigas, intentaba desentrañar la esencia de lo que me cautivaba de él y cuáles de esas cosas eran separables de cómo me trataba. Hacía experimentos mentales del estilo *me enamoraría de Gabriel si lo viera de afuera, como en un documental, sin ver cómo me mira*. Ahora pienso que no tiene nada de malo enamorarse de alguien por cómo te mira o cómo te escucha hablar. Pero bueno, eso, yo creo que a Gabriel Jaim le debe ser útil. No para entrar a carrera de investigador, no, porque él no está en CONICET, tiene que ser otra cosa; supongo que Gabriel está pensando en lo otro, en qué pasa si no entra, y es verdad que si no entra le podría venir bien algo en uno de los centros de estudios judaicos de los que Jaim es miembro, o algún laburito en el Museo del Holocausto o alguno de los otros kioscos judíos que tiene Jaim. Quizás ni siquiera es consciente, Gabriel, de que está desplegando ese interés por eso, aunque supongo que sí.

La verdad es que Gabriel no tiene mucho que aportarme, en el doctorado, quiero decir, no en la vida; tengo que encontrar la manera sutil de explicar que la codirección en los hechos tiene que ser una dirección, que Gabriel nomás ponga la firma, no creo que le joda; aunque quizás podría ayudarme a organizarme. Hasta ahora lo único que tengo es el acceso a lo que quedó del archivo de AMIA, que como es poco y disperso no me sirve gran cosa hasta que no precise más las búsquedas, y dos entrevistas que tengo que terminar de desgrabar, una con una artista que fue pareja de un actor de la compañía del IFT y otra con un viejo que iba mucho al teatro con sus padres y me cuenta lo que se acuerda, que no es mucho. En general ni siquiera puede decir los nombres de las obras, pero se acuerda bastante bien los argumentos; tampoco se acuerda los años, obvio, pero más o menos me puede decir qué edad tenía él y con eso lo saco. Por alguna razón lo que mejor describe son las salas, obvio que tampoco se acuerda bien cómo se llamaban, pero las describe muy bien: dónde estaban las entradas, el tapizado de las butacas si había o si eran sillas nomás, si el escenario tenía foso o si casi no había escenario, dónde se sentaban los chicos, que nunca pagaban, me lo dice todas las veces como si no me lo hubiera dicho nunca porque se ve que le parece un detalle muy importante. Yo desgrabo y anoto: no me sirven todavía sus descripciones para localizar muchos teatros más que el IFT, que es el obvio, pero confío en que cuando tenga más data sí me van a servir para distinguir entre un lugar y otro, eso, no son data suficiente pero son data para desempatar.

Guillermo, así se llama el viejo, me cuenta muchísimas cosas de su familia. Una cosa que aprendí entrevistando viejos es que no hay que apurarlos ni interrumpirlos cuando hablan de sus familias, aunque no te sirva para nada. Todo el mundo sabe que no hay que interrumpir a la gente cuando habla en una entrevista porque si no no llega a la confianza ni a los lugares profundos, parece obvio, sí, pero en la vida real es muy difícil que no te gane la ansiedad, ni hablar cuando ya llevás horas fingiendo tomar notas sobre algo que no te interesa esperando que aparezca lo que estás buscando. Pero aunque te esté por ganar la ansiedad hay que resistir y escuchar, y no solo escuchar, escuchar con interés. La otra cosa que descubrí es que el interés no se puede fingir, o que no sirve fingirlo, más bien: hay que interesarse en serio, encontrar la manera de interesarse en lo que te dicen, para que esa escucha tuya produzca algo en el otro. Mi manera es tratar de formular hipótesis sobre todo lo que cuentan, incluso lo que no tiene que ver con el teatro ni con el teatro judío, armar hipótesis en mi cabeza sobre cualquier cosa; tratar de conectarlas con mis recuerdos o con mis prejuicios, con lo que sea, y así mi interés es real y mi cara de interés es real y mi mirada es mejor y mi voz es mejor y mis preguntas también son mejores. Por ejemplo: Guillermo me contó que para ir al teatro su mamá se ponía todas sus joyas, todas juntas. En general no se ponía más de una cosa por vez, o andaba sin nada, pero para ir al teatro se ponía todo junto, le gustaba llegar así, relampagueante, que las nuevas luces del viejo varieté rebotaran en todas sus cositas. Para interesarme, decidí sorprenderme: pensé que era un hábito raro para una madre judía, andar con tanta alhaja puesta para ir por la calle, cuando una va a tener que caminar, tomar un taxi, circular. Mi mamá toda la vida escondió las cadenitas debajo de los cuellos de las camisas; en teoría llegaba a los lugares y las sacaba para afuera pero recuerdo que la mayoría de las veces se terminaba olvidando y entonces yo me enfurecía por dentro porque tenía las joyas pero no las tenía, los anillos guardados en la cartera y las cadenitas escondidas; es una historia arquetípica del judío miedoso, ocultar las joyas, cubrir los sillones con plástico o con fundas y que en esta vida se vean siempre horribles porque los estás preservando para alguna otra; el judío miedoso no conoce el presente, siempre guarda para un futuro hipotético, por eso el ahorro, por eso esa fama de la avaricia, es un tipo específico de avaricia que tiene que ver más con ese terror que con no prestar o con una falta de generosidad. Me sorprendió que la mamá de Guillermo no fuera así, porque cuando yo acuso a mi mamá de ser una judía miedosa ella me contesta que los judíos son así (ella dice "somos" así) por el Holocausto, como un miedo que se transmite de generación en generación, pero la mamá de Guillermo de hecho se escapó del Holocausto y andaba con todas las joyas puestas; así que no, lo del Holocausto es un invento para darle dignidad a esa pelotudez clasemediera, porque estos judíos se escaparon del Holocausto de verdad y se ve que eran menos miedosos que mi mamá que piensa que todas las empleadas le roban. Es un pánico burgués, entonces; sumado, sí, a una costumbre heredada de ver a la paranoia como algo pintoresco. En este tipo de cosas pienso, para escuchar con atención lo que me dicen.

Todavía no nos juntamos con Jaim, pero el otro día que hablé con él por teléfono me preguntó si ya inventarié todo lo que había en AMIA. Le dije que sí, que cien veces fui, pero que es poco; me dijo que no hablaba de todo lo que *hay*, sino de todo lo que *había*. Le tuve que repreguntar varias veces para entender a qué se refería, porque no podía referirse a los papeles quemados: me dijo que no, no se refería a cosas imaginarias o desaparecidas, sino a cosas que no hubieran quedado bien archivadas, colecciones privadas, gente que se hubiera quedado con recuerdos, vendedores de revistas viejas que hay en Mercado Libre que a veces tienen papeles de acontecimientos importantes. Le tuve que decir la verdad: no se me había ocurrido. Puse "AMIA" en Mercado Libre pero no salió nada, solo vendedores de libros usados que tenían alguna cosa sobre el atentado o sobre Nisman. Tiene que haber otra manera.

De: gabrielgorelik@filo.uba.ar
Para: sabrinak1988@gmail.com
CC: jaimhoffman@yahoo.com.ar
Fecha: 30-05-2022, 09:02
Asunto: RE: RE: RE: reunión

¡Buenísimo el encuentro! Creo que fue productivo para los tres. Si les parece, a partir de ahora podemos manejarnos con cierta informalidad, juntarse ustedes cada vez que lo necesiten y avisarme siempre que yo pueda ayudarlos en algo. Y si no les viene bien juntarse y van a estar hablando por teléfono o más espaciadamente no es problema. De los informes, Sabri, deberías ocuparte vos. Después te explico bien cómo y qué poner, te mando una referencia.

Abrazo,

Gabriel

Anoche fuimos con Gabriel al teatro, a ver una obra que él tenía que ver. Su corpus abarca todo lo que sea dramaturgia argentina de los 80, así que cada vez que se reponen textos de esa época los vemos. Me da gracia que usa su tema de investigación para exagerar los años que nos separan: habla de las puestas originales como si las hubiera visto. Si nació en el 82, las vio solo en registros audiovisuales, es un ridículo. Igual no lo hace solo conmigo, lo hace también en público y ahí me muero de vergüenza, lo va a saludar a Bartís que estaba por ahí aunque esta vez obvio que no dirigía él, y le dice por ejemplo "excelente, excelente, me sorprendió tal cosa que está igualita que en la puesta original" y cuando el otro le pregunta desconcertado que cómo vio la puesta original se pone violeta y le dice que la vio grabada, sabiendo que el tipo piensa que ver teatro filmado es más indigno que reutilizar forros, pero bueno, creo que tiene la esperanza de que un día alguien lo vea tan viejo que ni le pregunte cómo hizo para ver la puesta original.

Después comimos con la directora y el elenco, creo que porque Gabriel les habló tanto de la obra que se sintieron obligados a invitarnos. Quedé sentada en la punta con la vestuarista que parecía incómoda cuando yo quería hablar de lo que acabábamos de ver, como si no se sintiera lo suficientemente parte. Escuché un poco de la conversación de al lado, algo sobre otras cosas que están en cartel, cosas buenas, cosas malas, y después mucha *small talk* de teatreros, que si en tal sala "se labura bien", como si todos supiéramos qué es laburar bien o compartiéramos el mismo concepto de laburar bien, que si a tal obra le quedaba bien la música en vivo o no, como si todos fuéramos directores o músicos. En general no tengo problema en participar de la ficción esa en la que todos somos todo y sabemos de todo para criticar, al tiempo que tirás un "igual no es mi tema" como para matizar todo lo que acabás de decir. En general me divierte y sé que no lo hacemos de malas personas, es un ejercicio que hacemos incluso para pensar, a todos nos sirve. No sé por qué esta vez me daba tanta fiaca y lo miraba tan de afuera.

Me emocionó bastante la obra, aunque no era de llorar y quizás no era de emocionarse, pero a mí me emocionó. Yo tardé muchos años en volver al teatro después de entender que no iba a ser actriz. A veces me da vergüenza, hay obras clave que no vi porque de 2010 a 2017 casi que no vi nada, y no puedo echarle la culpa a la edad cuando alguien se da cuenta de que no las vi, quedo como una burra, pero de verdad fueron años en que me costaba pasar por esos lugares, por eso empecé con la idea de hacer historia del cine. Es tremendo eso del teatro encima que después no lo podés recuperar, si no fuiste no fuiste, como Gabriel que se perdió las obras que más le hubiera gustado ver en el mundo por ser chico y yo que me perdí estas por ser tarada, pero es que no lo podía soportar. Me cruzaba a mis compañeros de teatro actuando en esas obras, gente que había ido a las mismas escuelas que yo, a las mismas audiciones. Muchos de ellos eran mejores que yo, pero no todos; algunos, en realidad, solo se bancaron mejor la idea de no ser los mejores del mundo. Tampoco sé por qué no me molesta tanto no ser la mejor investigadora del mundo como no ser la mejor actriz del mundo. Me acordé de una amiga que cuando empezábamos a actuar decía que sabías que a la persona que te había ido a ver no le había gustado la obra cuando te decía "ay estuvo re lindo, se nota que ustedes se re divierten". Obvio que duele cuando te dicen eso, y es difícil creerse lo que voy a decir, pero ahora que ya no actúo ni tengo la esperanza de hacerlo puedo decir que lo pienso con frialdad: no todos los que se divierten actúan bien, pero para actuar hay que saber divertirse, en un sentido profundo. Eso me pasa a mí. En el fondo no me sé divertir.

Lo otro que no sé hacer es esperar, me quedé pensando. En un momento salí a fumar con una de las actrices y como ya no sabía qué más decirle de la obra le pregunté por sus próximos proyectos, si estaba ensayando algo o haciendo alguna cosa. Me arrepentí al instante, es como cuando te preguntan cuántas materias te faltan de la carrera, o si vas a tener hijos, preguntas cruciales que podrían empezar conversaciones geniales pero demasiado honestas, conversaciones que nadie quiere tener ni siquiera con sus mejores amigos. Cambió el tono de voz, pero no la vi ni de cerca tan angustiada como podía estar. Me dijo que había hecho casting para dos películas y estaba "esperando que la llamen". Ser actriz es ser mujer al cuadrado, eso pensé: estar constantemente esperando que te llamen. Una escritora puede escribir su propio libro, una cantante puede salir a buscar sus fechas, hacer sus canciones: pero hasta Angelina Jolie, en algún sentido, está esperando que la llamen, recibiendo propuestas. Ni ella se anima a mandarle un mail a Almodóvar y decirle che, quiero estar en tu próxima película. Hay que esperar. No solo vivir del deseo ajeno: esperar a que te lo expresen, quedarte tranquilita mientras tanto, hacer la tuya, cuando la tuya es nada, cuando en el fondo no podés hacer nada tuyo porque lo tuyo es justamente eso para lo que te tienen que llamar. No todas estamos hechas para eso.

De: prodriguez4040@gmail.com
Para: sabrinak1988@gmail.com
Fecha: 1-07-2022, 09:02
Asunto: RE: consulta

Hola Sabrina, sí, efectivamente tengo unas cuantas cosas de AMIA que no ofrezco en Mercado, me las vendió uno que en ese momento fue a sacar escombros y se había quedado un par de cosas como la gente hizo con las piedras de Berlín viste, pero no las tengo catalogadas ni ordenadas. Podemos arreglar y si encontrás algo que te sirve vemos cómo hacemos.

Saludos,

Pancho

Nos vinimos con Gabriel a un congreso en Mar del Plata. Supongo que había que venir. También queríamos celebrar que finalmente firmó los papeles del divorcio. Pensé que no me importaba nada, pero resultó que un poco me importaba. Es un alivio pero también es un vacío. Nuestra pareja ahora necesita otro relato. Hace bastante que estamos juntos, casi vivimos juntos, la verdad, y así y todo fue recién ayer, cogiendo acá en este hotel tres estrellas, que sentí que algo había cambiado. Como que el sexo que tenemos es más limpio. No la pasé mal, pero tengo que pensar qué voy a hacer con eso. Me di cuenta además de que llevábamos un tiempo sin coger, pero no tiene nada que ver con el divorcio, es por esos dolores que estoy teniendo en la panza y en el pecho hace semanas y que él dice que me tengo que hacer ver, sin mucha convicción lo dice, supongo que porque piensa que le miento. Tengo que tratar de coger con dolor igual, no por él, sino porque honestamente me alivia, lo difícil es arrancar pero después me alivia.

Ni bien llegamos al hall del hotel, después de pasar por la mesa de acreditaciones, Gabriel se fue a chequear el powerpoint de su ponencia y yo me fui con otra chica de nuestra cátedra a pasear por la calle de los pullovers, porque mi mamá me pidió que le comprara uno y porque no sé qué otra cosa se puede hacer en Mar del Plata en julio y además a las mesas del congreso que no son de nuestros amigos no vamos a ir. Me probé un cárdigan marrón con una guarda de rombos beige y no supe qué buscar para entender si me quedaba bien o mal. Exactamente ese viene siendo mi estado de ánimo en el último tiempo: no entiendo qué de las cosas debería hacerme feliz o infeliz. Anabela, la chica que estaba conmigo, me dijo que me quedaba bárbaro y que lo llevara, que me hacía brillar los ojos, supongo que porque también son marrón oscuro, sin nada digno de destacar. Gasté más de lo que quería gastar y no sé cuánto lo voy a usar, pero me gustó que ella me dijera eso y probablemente la recuerde cada vez que vea el cárdigan colgado en el placard.

A la noche fuimos a ver teatro de revistas "irónicamente" con Gabriel, Anabela y una colega más, con unas entradas que nos consiguieron. Estaba muy dispuesta a reírme pero nada me causó gracia. Supongo que los chistes se basaban en mecanismos que ya vi demasiadas veces y en referencias recientes que me eran completamente desconocidas: para que algo te haga reír tiene que estar en el medio entre lo familiar y lo nuevo, pero en el medio no había nada para mí. Me quedé pensando en esa cosa mercantil del teatro comercial, no en la venta de entradas ni la plata ni nada parecido, en la cosa mercantil que se establece entre los actores: tienen que repartirse los chistes, los remates, las risas, los aplausos. Es como repartirse el amor. En un momento me pareció, por la velocidad con la que sucedió, que era obvio que el capocómico le había robado un chiste a la vedette más vieja, no me acuerdo de los nombres de nadie pero me parece que eso fue claro, él dijo un remate que tenía que decir ella y se quedó con una ovación grande que le tocaba a ella. Mientras él agradecía al público ella sostuvo la sonrisa y la postura; la ansiedad se le veía nomás en el pecho, que le bajaba y le subía como a un pajarito, y no es que pareciera agitada de moverse, pero igual seguro me di cuenta yo sola. Lo llevó con muchísima dignidad.

De: jaimhoffman@yahoo.com.ar
Para: sabrinak1988@gmail.com
Fecha: 10-07-2022, 08:01
Asunto: RE: fuentes

Querida Sabrina:
Qué pena lo de Pancho, estaba seguro de que tendría algo que te podría servir. Hay otros vendedores de confianza igual, "coleccionistas privados", que le dicen, así que algo vamos a encontrar.
Mientras tanto pensé que quizás podíamos avanzar con algo del marco teórico. Estuve hablando con una colega y aunque yo desconozco esa bibliografía me dijo que valdría la pena que chequearas la bibliografía feminista sobre teatro ídish. Parece que hay bastantes cosas sobre el mito del díbuk, el leitmotiv de la prostitución, varios temas con los cuales se han metido los estudios de mujeres (no sé si se sigue utilizando esa expresión, era la que se utilizaba cuando yo era joven, si me estoy equivocando no es con mala fe). Si te parece puedo contactarte con ella.

Un saludo,

Jaim

De: sabrinak1988@gmail.com
Para: jaimhoffman@yahoo.com.ar
Fecha: 12-07-2022, 08:01
Asunto: RE: RE: fuentes

Querido Jaim,
Muchas gracias por el contacto con Alicia, ya estoy leyendo las cosas que ella me mandó. Siento que quizás me pueden ayudar a precisar un poco mi tesis. En los papeles, vos viste, yo pongo que me interesa la disolución del teatro judío, porque me parece que sirve como oportunidad para pensar el modo en que la identidad judía se disuelve en la identidad argentina, aportando a su construcción pero de alguna manera sacrificándose en el proceso. No sé por qué digo en los papeles: me interesa en los papeles pero me interesa de verdad. Ah, sí, ya sé qué iba a decir: iba a escribir que en los papeles lo pongo en términos de la disolución del teatro judío, pero mi interés va mucho más allá del teatro, no lo dejé tan claro en la tesis porque Gabriel me dijo que quedaba demasiado ambicioso. Y pienso que la cuestión del género (ahora se usa decir "género", todo lo que era *Women Studies* pasó a ser *Gender Studies*, pero no te preocupes, no me ofende que lo digas así) me puede servir

como hilo conductor para leer eso: cómo lo judío se deconstruye desde adentro y deja en algún sentido los residuos de esa deconstrucción sembrados en el mainstream, en las culturas occidentales que habita, para luego desaparecer en esas culturas. En fin. Leo y te cuento.

Mil gracias,

Sabri

Ahora que firmaron los papeles del divorcio la mujer de Gabriel deja que Juli se quede a dormir cuando yo estoy. Anoche Gabriel no se sentía bien y se acostó tempranísimo así que me tuve que quedar yo charlando con ella, porque hay que charlarle hasta tarde, ella es así, si no no se duerme. Tiene tres años y medio. No sé cuánto entiende de que lo que le charlan, pero algo saca. Contesta palabras sueltas; en general repite cosas que le dijiste, como si fuera un lorito, pero a veces reorganiza algo de una forma peculiar o te sale con algo que no se entiende si es casualidad o es superdotada.

Siempre empiezo contándole cosas que creo que le pueden interesar pero invariablemente termino hablándole de cosas que solo me interesan a mí. Le conté de un paper que leí ayer que habla sobre las escritoras judías del siglo XX y su recuperación de motivos como el golem y el díbuk. El paper empieza diciendo que en el mundo contemporáneo, en occidente al menos, todos los judíos somos judíos por elección: una vez que se levantan los obstáculos para la asimilación, sostener la identidad judía deja de ser obligatorio y es eso, una decisión personal, un camino que la mayoría de las escritoras judías decidieron no tomar. La mayoría de ellas, le explico a Juli, usaron la escritura para huir de la tradición. Pero es más complejo que eso: como las mujeres no podían leer texto en lengua sacra (en hebreo, el hebreo bíblico, no el hebreo de ahora), hay un canon de textos del ídish que tradicionalmente solo conocen las mujeres. La autora del paper sugiere algo así como una relación entre esa tradición de la exclusión de la lengua sagrada y la recuperación que algunas escritoras hicieron de ciertos motivos que pertenecían a la literatura del ídish, nuestra lengua vernácula, especialmente los que tenían que ver con la extranjería: como el díbuk, que es el mito de un alma errante que posee un cuerpo ajeno. Juli repite palabras, finales de palabras, más bien: rante por errante, cuerpo jeno por cuerpo ajeno. Le pregunto qué piensa sobre lo que le acabo de contar y me dice que no sabe, primero, y después que está bien, las mujeres, está bien, y se pone a jugar con las palabras que acaba de asimilar. ¿Están bien, las mujeres?, me termina preguntando.

De: gabrielgorelik@filo.uba.ar
Para: jaimhoffman@yahoo.com.ar
CC: sabrinak1988@gmail.com
Fecha: 30-07-2022, 10:12
Asunto: firma papeles

Hola Jaim,

Te quería preguntar cuándo ibas a pasar a firmar los papeles de Sabrina, quizás no te llegó el mail de posgrado, pero parece que la última vez que fuiste faltó una página y es importante que quede todo en regla.

Saludos,

Gabriel

De: sabrinak1988@gmail.com
Para: jaimhoffman@yahoo.com.ar
Fecha: 30-07-2022, 14:10
Asunto: perdón

Hola Jaim, no sé por qué Gabriel te mandó ese mail tan brusco, te pido mil disculpas. De los papeles me ocupo yo, esta semana que tengo que pasar por tu casa igual a buscar el libro sobre Singer te llevo lo que hay que firmar y lo llevo a la facultad.

Te mando un beso, y disculpas otra vez.

Sabri

La nueva de Gabriel es que tengo que aprender a manejar. En algún sentido me sorprende para bien: siempre pienso que los hombres prefieren que una no sepa manejar, o que haya cosas que ellos saben hacer y una no sabe, pero es obvio que le queda cómodo para que lleve a Juli de un lado a otro y que esa idea sobre "los hombres" es demasiado simple para ser cierta. Así no funciona el machismo, así no funciona nada.

Me llevó el otro día a andar por Vicente López, a aprender aunque sea eso, a andar como si fuera una bici, usar la pedalera, poner los cambios, circular. Para estacionar dice que tengo que ir a una academia porque no tiene método ni paciencia para explicarme, lo intentó, en un momento, pero se puso nervioso porque dice que desde abajo del auto no logra indicarme. O sea: me explicó lo básico, te paras más o menos en paralelo adelante del cual querés estacionar, reversa, todo el volante para un lado, todo el volante para el otro, lo que no pudo fue explicarme cómo acomodar el auto si después de esas dos reversas no queda perfecto. Se bajó del auto y trató de indicarme pero dice que es imposible si no estás arriba del auto, es como que solo sabe hacerlo cuando el auto es una extensión de su cuerpo, pero dice que con dos clases de estacionar y un par de veces de practicar manejo con él ya debería estar para rendir. Yo, la verdad, no creo.

Estuve googleando el tema del trámite: tenés tres chances para aprobarlo y si no lo aprobás en esas tres tenés que empezar todo de nuevo y dar de vuelta el psicológico y el teórico. A una amiga le pasó que se le gastaron las tres chances, y además me cuenta algo curioso: a cada intento le fue peor, no mejor. En el primero anduvo casi todo bien, solo le costó estacionar, en el segundo se le apagaba el auto cada tres minutos y en el tercero le pegó a una valla directamente al salir, no llegó ni a hacer un metro. Pienso que me puede pasar eso perfectamente. Armo un plan de acción: lo importante es que nadie se entere de nada. Si nadie se entera de nada, no me importa en lo más mínimo que me vaya mal: no me importa en lo más mínimo no poder manejar jamás, la verdad. Hace unos años leí una novela en la que una chica mentía sobre tener HIV, pero no le mentía a nadie, en realidad, o sea, a nadie que importara: solamente agarraba sus cosas, se iba de la casa, y hacía como que no lo tenía. Lo mejor de mentir es creérselo uno mismo. No creo en el convencionalismo en el sentido profundo: las cosas son como son, si las miramos en serio. Pero en un sentido menos profundo y quizás más importante, en un sentido práctico, la verdad es un estado social de las cosas, un conjunto de aceptaciones comunes. Para la mayor parte de las cosas alcanza con que una crea algo y los demás le crean, o con que una lo crea y los demás ni se enteren.

De: noreply@buenosaires.gob.ar
Para: sabrinak1988@gmail.com
Fecha: 09-08-22, 10:22
Asunto: reevaluación examen práctico

Hacé click en el link para gestionar tu nueva cita.

Ayer fui a una fiesta por primera vez en mucho tiempo: el cumpleaños de Paula, una compañera de la facultad que se cambió de carrera y terminó recibiéndose de bióloga. Gabriel no quiso venir, dijo que prefería "aprovechar" para ir a tomar algo con sus amigos, como si hiciera falta que yo saliera para que él también lo hiciera. Me iba a pasar a buscar mi amiga Cecilia pero me dijo que venía un amigo de ella también que estaba con auto y que mi casa le quedaba más cerca, así que me pasaba a buscar él y después íbamos para lo de ella. Rodrigo se llama, me escribió, te paso su whatsapp por las dudas pero te toca el timbre. Efectivamente eso hizo: no me mandó un mensaje para avisarme que estaba cerca ni para poner "estoy abajo", tocó el timbre a la vieja usanza como un lord inglés. Bajé y no estaba en la puerta sino en la vereda de enfrente, parado delante de su auto estacionado, con las manos en los bolsillos, como en una película de los ochenta. Subí al auto ya pensando en esa imagen y en lo potro que se veía en esa posición el tal Rodrigo, que era un chico normal pero tenía una sonrisa con hoyuelos y diastema que lo elevaba unos cuantos centímetros por sobre el nivel del mar.

Era abogado y había conocido a Ceci en Tinder; salieron un par de veces pero no pegaron onda y se dejaron de ver, hasta que un día Ceci subió a Instagram un problema que había tenido con la prepaga y él le contestó explicándole lo que tenía que hacer. Así volvieron a hablar y terminaron medio amigos. "Me da un poco de miedo", me dijo, "ir a esta fiesta de todos artistas". Le dije que probablemente las únicas que habíamos estudiado Artes seríamos Cecilia y yo, porque de la carrera creo que somos las únicas amigas que le quedaron a Paula, y artistas no habría ninguno. Al toque llegamos a lo de Cecilia y le dije que se sentara ella adelante. El hechizo se rompió. Desde el asiento de atrás los dientes separados de Rodrigo se veían en el espejo retrovisor, pero ya no me producían nada.

Cecilia terminó Artes en la UBA dos o tres años antes que yo pero después se fue lejos de la facultad. Hizo una maestría en Estados Unidos y ahora trabaja como asistente de una de las curadoras del MALBA. Me pregunta cómo viene mi tesis, lo del teatro judío; me da vergüenza empezar a contar mis obsesiones delante de Rodrigo, incluso me da vergüenza contárselas a ella, así que le digo que bien, que ya estoy por presentar el primer paper que me va a servir para el marco teórico de la tesis. Le digo solo eso y le pregunto por ella, que cuente del MALBA, de la muestra de Yente y Del Prete que curó la jefa de ella y que todos dicen que está buenísima, yo no pude pasar todavía pero prontísimo voy a ir. Me dice que sí, que vaya, que además Yente trabaja con motivos judíos y me va a interesar. Después pasa a contar internas de coleccionistas, que son más divertidas que mis internas de Puan porque todos los personajes son millonarios. Me pregunto cómo será irse de la facultad. Entiendo que la mayoría de la gente hace eso. Va a la universidad, estudia, se recibe y después ejerce su profesión en otros lugares, con otra gente, otros amigos, y la gente de la facultad termina siendo como los amigos de la secundaria, con algunos se ven, con otros no. Yo entré a la facultad hace doce años y desde entonces nunca me fui. Puan ya se parece más a mi familia que a mis amigos, una realidad inevitable que si tengo suerte va a durarme toda la vida. Me siento menos adulta que Cecilia que tiene un trabajo y cree que podría tener otro. Es lo que ella transmite: su trabajo es contingente, una cosa circunstancial. En cualquier momento puede irse a otro país, le puede surgir otro laburo, le ofrecen algo en otro museo o con alguno de esos mil galeristas de los que habla, llevar la colección privada de algún heredero, ser guardiana de la memoria de algún artista que solo recuerdan las casas de subasta y los dos amigos que le quedan vivos. Yo teóricamente podría tener otro trabajo, supongo, soy joven, pero sencillamente no me lo imagino. No lo converso con mis amigas del doctorado pero creo que muchas nos sentimos así, adolescentes eternas y predestinadas, unas ninfas fuera del tiempo retozando hace una década en el mismo estanque, los pasillos de Puan.

Llegamos a la fiesta y Rodrigo tenía razón, no en lo de los artistas pero sí en lo del miedo: no conocemos a nadie y todos ellos se conocen. Trato de recordar cómo surfeaba estas situaciones antes de los celulares: supongo que me iba.

Siento que Rodrigo está disponible, que si hago las cosas bien puedo irme con él, ni sé si tengo ganas pero un poco quiero comprobar si puedo hacerlo, y otro poco sí, tengo ganas genuinas, me gusta cómo se ríe y me gusta que habla poco y que parpadea poco también, me doy cuenta de que me gusta su mirada y cuando pienso por qué entiendo que es por eso, parpadear poco le da como un aplomo masculino. No digo que esté disponible para mí: digo que está disponible y ya, que hay algo en su actitud corporal, en la forma en que tiene abiertos el pecho y la atención que da a entender que tiene ganas de que alguien lo enamore. Siento que sin que lo estuviéramos buscando de pronto Cecilia y yo estamos compitiendo por su atención, ninguna está enganchadísima con él (de hecho Cecilia lo descartó, si no entiendo mal, cuando se conocieron), pero como no conocemos a nadie y quedamos hablando nosotros tres en un rincón resulta así.

Me voy a buscar unas bebidas y escucho que dos chicas conversan sobre la convocatoria a becas CONICET que está por abrir. Una dice que no sabe si llega a estar recibida cuando se presente, la otra le dice que no importa, que solo importa que pueda recibirse para cuando tenga que tomar la beca. Freno y les comento que en el reglamento es así, pero al menos en Humanidades tienden a favorecer a los recibidos, que se puede presentar igual pero que tenga eso en cuenta, y nos quedamos charlando. Cuando me preguntan cuál es mi tema les cuento que me dedico a la historia del teatro, sin más detalles, y les parece súper interesante, a las dos les gusta el teatro, dicen, aunque van bastante poco, justo hace un mes fueron a ver una obra de teatro comercial que no vi, algo con Julio Chávez. Me dicen que les recomiende algo para ver y anotan las obras que les menciono. Al rato se nos acerca Paula, contenta de que yo esté hablando con sus amigas biólogas, a los anfitriones de una fiesta siempre les gusta que los sueltos se mezclen, los deja tranquilos. Nos dice alguna boludez, está borracha, y sube la música para que la gente deje de conversar y se ponga a bailar. Hace tanto que no bailo que me quedo ahí con las chicas nuevas y me olvido de mi grupo original. Al rato viene Cecilia y me dice que ella y Rodrigo se van yendo; les estoy por decir que yo también pero me doy cuenta de que no, mejor no. Supongo que perdí por abandono. Bailo dos canciones más y me llamo un taxi.

Me meto en la cama en la que Gabriel ya duerme y los imagino a Cecilia y a Rodrigo metiéndose en la suya, en la de algunos de los dos, quiero decir. Lo miro dormir a Gabriel un rato, la cara le quedó mirando para mi lado de la cama. En honor a la verdad, Gabriel es mucho más guapo que Rodrigo: es más alto, tiene los hombros más grandes y una cabeza llena de rulos espesos, Rodrigo es de esos rubios de pelo finito que encima de que se empiezan a quedar pelados de jóvenes siempre parecen un poco más pelados de lo que son. Pero igual hay algo sobre el afuera: Gabriel se llama Gabriel, es un judío que estudia lo mismo que yo. Es la fantasía más vieja del mundo, Woody Allen inventándose esas novias con narices respingadas que no tienen anteojos, neurosis ni educación. Hay como una imagen de una vida alternativa en la que me cojo a Rodrigo, me engancho con Rodrigo y tengo un novio como Rodrigo, un abogado goi que no conoce a mi jefe ni entiende bien a qué me dedico, que me da unos consejos de mierda traspolando la dinámica de su trabajo corporativo a la de mi trabajo académico, que se entusiasma cuando le hablo del díbuk porque no lo escuchó mencionar cien veces, ciento cuarenta veces, en boca de gente mucho más inteligente y original que yo.

De: prodriguez4040@gmail.com
Para: sabrinak1988@gmail.com
Fecha: 09-08-2022, 21:42
Asunto: RE: RE: consulta

Hola Sabrina, te escribo porque hoy me devolvieron una caja de AMIA que le había prestado a un colega investigador tuyo para revisar y que me olvidé que la tenía prestada. Podés venir a chequearla cuando quieras, me parece que puede tener cosas que te puedan servir.

Saludos,

Pancho

Para: sabrinak1988@gmail.com
De: jaimhoffman@yahoo.com.ar
Fecha: 10-08-2022, 07:10
Asunto: RE: perdón

Querida, por favor, no te hagas ningún drama. Nos vemos mañana y charlamos bien.

Un abrazo,

Jaim

Segunda parte:

Jana

10 de marzo

—Nosotros no le negamos a nadie la sepultura judía, señora; quédese tranquila.

Hoy me sentí muerta en vida las ocho horas: sin exagerar, las ocho horas desde que llegué hasta que me fui, incluyendo el almuerzo, incluyendo las veces que fui al baño porque de verdad tenía que hacer pis y las veces que fui para escaparme y el rato que fui a quedarme dormida contra la pared, es un asco, ya sé, pero cada vez menos cosas me dan asco. Hace años que me apoyo en el baño del trabajo; si mi mamá se entera me mata, pero una no puede hacer pis con el culo en el aire todos los días, simplemente no es posible.

El verso de la sepultura garantizada lo dije exactamente cinco veces hoy: tres por teléfono, dos en persona. Digo que es verso porque de tanto repetirlo a veces siento que rima, como si tuviera una rima invisible, una rima subterránea que solo escucho yo y ni siquiera con los oídos, la escucho con la cabeza de tanto retumbar el poema contra el vidrio. Y digo que es verso porque es verdad en un sentido pero en otro sentido es verso: es verdad que a nadie le negamos la sepultura judía, no importa que no tenga un peso para pagarla. Pero lo que el verso no dice con claridad es que la sepultura judía que garantizamos no es en Tablada, sino en Berazategui. No le negamos a nadie la sepultura judía, pero al que no tiene plata se lo entierra en Berazategui. Y nadie quiere enterrarse en Berazategui; para enterrar en Berazategui enterrás en Chacarita. No importa que Chacarita sea goi; la deshonra es la misma. Y Chacarita es más cerca.

La primera señora a la que se lo dije venía a enterrar a su marido, estrictamente a pagar las últimas cuotas: estaba convencida de que el marido venía pagando y que faltaban solo dos. Cuando le dije que no había nada pago se puso a llorar, bueno, más o menos, porque en realidad cuando llegó ya estaba llorando. Fue como que volvió a tomar carrera con el llanto. Se quedó en silencio un rato largo. Le pregunté si necesitaba que le prestara el teléfono, si había alguien con quien quisiera hablar para chequear el malentendido. Se quedó pensando un instante y me dijo que no, y se fue. Creo que se dio cuenta de que la única persona con la que podría haber chequeado el asunto era su marido, la única persona que tenía la culpa y la única que hubiera tenido la plata para arreglarlo. Me dijo que volvería, pero no creo que vuelva. Tampoco tiene mucho tiempo, si el tipo ya está muerto. Le dije que en cualquier caso si lo enterraban en otro lado después se lo podía mover. Asintió con la cabeza y ahí fue cuando me dijo que volvería, pero de nuevo, yo no creo que vuelva.

La segunda era una hija que venía a enterrar al padre, una chica un poco mayor que yo que tenía el cabello recogido con un broche dentado de carey, me la quedé mirando porque parecía que tenía gel por lo bien hecho que estaba el recogido, o hebillas invisibles además del broche pero de cerca se veía que no tenía nada, solo era muy hábil, o quizás tenía el pelo muy sucio, cuando tenés el pelo sucio es más fácil que se sostengan los peinados. El problema de la chica era como el de la señora pero al revés. Me explicó que la cosa era así: su padre había reservado una parcela bastante cara en la parte más nueva del cementerio, la venía pagando y cuando se enfermó más fuerte les pidió a los hijos, que serían ella y dos hermanos más, que se ocuparan de pagar el resto con una plata que les dejaba. Ella vino a averiguar, te acordás, me dijo, que vine y hablamos de esto, y le dije que sí pero la verdad es que no me acordaba; vino a averiguar porque pensó que el padre les había dejado plata de más y se ve que yo le expliqué que con la plata que le había dejado le alcanzaba justo para la parcela que el padre quería, pero eso porque era una parcela cara, que un lugar del mismo tamaño que quedara un poco más lejos de la entrada le iba a salir no te digo la mitad, pero diez o veinte mil pesos menos seguro. Entonces ella habló con los hermanos y les propuso que se cambiaran de parcela, el viejo ya estaba en coma, no se iba a enterar y todos ellos tenían hijos, necesitaban plata para los vivos, la madre estaba viva así que ni siquiera iban a heredar ese departamento, solo un terreno en algún lado que dividido entre tres no significaba nada. Los hermanos estuvieron de acuerdo e hicieron eso, cambiaron de parcela y venían pagando unas cuotas más baratas, ya casi lo habían terminado de pagar, y resulta que el padre se despertó y ahora quiere seguir pagando él, y ella vino desesperada a ver cómo hacíamos para volver a la parcela anterior antes de que el padre levantara el teléfono, cómo podíamos hacer para que el tipo nunca se enterara del cambio. Le dije que no se preocupara, que la cambiábamos ahora y yo nunca ando haciendo preguntas, me dijo que me anotara el nombre del padre pero le dije que de verdad no hacía falta, que no me voy a acordar de su nombre ni de nada, sencillamente tengo la costumbre no preguntar lo que no me cuentan para no meterme en problemas. A esta le dije el verso de la sepultura judía pero la verdad ahora que lo pienso no me acuerdo en qué contexto. Creo que se lo dije en chiste, o sin darme cuenta, o que cuando le dije "no se preocupe señora quédese tranquila" me salió el verso entero porque sí.

Después, por teléfono, se lo dije a dos mujeres más. Una que se presentó como "señorita Falak" y empezó a preguntar precios sin decir para quién, nerviosa pero a la vez muy prolija, no sé cómo explicarlo: se la escuchaba nerviosa pero yo escuchaba el ruido de que estaba anotando a máquina todo lo que yo le decía, y el gesto de escribir a máquina disimulaba la angustia evidente que le daba escuchar lo caro que era todo, así que le dije lo de la opción de Berazategui para que se calmara. Y hubo otra más, una que no dijo el nombre y lloraba y le empecé a decir el verso y me cortó.

Hoy no llamó ningún hombre. No sé por qué. A veces pasa. Mentira, llamó uno, olvidable: algo de cuotas también pero se ve que no entendí la historia o no la retuve. La gente, cuando cuento que trabajo en la parte de cementerios de la AMIA, a veces me dice "las historias que debés escuchar". Un poco sí, pero un poco no. Con el tiempo se vuelve monótono, por eso me olvidé de la llamada del hombre, a veces me olvido de las cosas que me cuentan y eso que las mejores las escribo acá porque me sirven para las clases, cuando no se repiten demasiado, sobre todo cuando tienen muchas cosas de color, pero en general se repiten. Todo el mundo tiene los mismos problemas.

En medio de todas las señoras me aprendí la letra para el ensayo de después, ahora estoy por salir para allá. Me refiero a la letra de la protagonista: la mía es tan corta que ni hay que aprendérsela, la leo ahí en el momento y la digo. Ni eso, en realidad, ya la sé, porque son dos líneas: "en la sinagoga no lo ven hace días" y "a su padre no le va a gustar nada". Pero quiero aprenderme la de la protagonista. Por las dudas. Por las dudas de nada, no hay ninguna duda de nada, pero por las dudas.

17 de marzo

Ayer le dije a mi madre que quiero renunciar, que quiero conseguir otro trabajo. Cuando me preguntó qué trabajo no supe qué decirle. No sé, le dije, quiero tener otro trabajo. Trabajar en una oficina normal, pongamos. "¿Qué es una oficina normal? ¿Una oficina goi?" Eso me preguntó y le dije que no me refería a eso aunque en parte sí. Una oficina donde nadie me conozca. Eso no existe, me dijo, cómo vas a conseguir algo en un lugar donde nadie te conozca. Le contesté que en los bares del barrio a veces hay carteles de que buscan chicas que atiendan, camareras, o boutiques que buscan vendedoras, eso podría hacer, trabajar en una confitería o en una boutique. Me dijo que ninguno de esos eran trabajos decentes para una chica de familia, que las chicas que trabajan en los cafés son todas yiros y las que trabajan en las boutiques se terminan enganchando con goim o enamorándose de hombres casados. Además me dijo que en esos trabajos no tenés un segundo para sentarte, de hecho no tenés ni silla, son trabajos de estar parada así que de repasar letra ni hablar; no es tonta mi madre. Yo pensé que ella no sabía que yo en la oficina me la paso estudiando letra para los ensayos pero se ve que sí lo sabe, y no porque yo se lo haya contado. En eso tiene razón, la verdad: acá en general hay bastante silencio y no me molesta mucha gente, y si me viene a hablar Zatrisky hago como que hay alguien llorando en el teléfono y me deja en paz.

Estuve bien en aprenderme la parte de la protagonista el otro día. No porque me la vayan a dar, obvio que no me la van a dar, pero porque Sarita se la olvidaba todo el tiempo y cuando yo le soplaba Daniel sonreía, en un momento incluso me guiñó el ojo. Yo se la soplaba bien bajito como para que pareciera que no quería que se notara que se la estaba soplando, pero sí se notaba, yo sabía que se notaba y que Daniel sabía que yo lo sabía pero que como soy muy elegante y buena compañera la soplaba bien bajito para no humillarla a Sarita. Se notaba entonces pero Sarita igual no se sentía humillada, ella nunca se siente humillada. Una vez en una parte de una obra Sarita tenía que cantar una canción en ídish y, como en la familia de ella casi no hablan porque no sé bien de dónde son, Daniel me pidió que le mostrara cómo la cantaba yo, y se la canté delante de todos los demás del elenco. Ella asintió, repitió, y me sonrió y me dijo: "no me hace problema recibir una ayudita, Jana. ¿Sabés por qué? Porque lo que yo tengo no se puede aprender". Maldita.

19 de marzo

Hoy fue un día tan tranquilo que repasé todos los textos de Sarita cien veces, con las indicaciones nuevas de dirección que le había dado Daniel, y así y todo me sobró tiempo. Lo que él le dijo fue que no se apurara y que probara todo un poco más neutro, no neutro de verdad, pero le dijo así, que ella estaba como subrayando todas las palabras y abriendo siempre mucho los ojos y que pensar en "neutro" le iba a servir para dejar de hacer eso. Eso y también respirar más natural, ella tiene tiene un vicio que yo también tengo que es que antes de decir texto toma mucho aire, como si tuviera miedo de quedarse sin, y se nota mucho y termina pareciendo un suspiro. También le marcó un par de diagonales en el espacio para recorrer y ubicarse pero eso no lo puedo probar en la oficina.

La verdad es que esta obra que estamos haciendo ahora no me gusta mucho. Es de otra época; las obras que veníamos haciendo antes eran posteriores, de la segunda era de oro del teatro ídish, esta es anterior y se nota. Sobre todo hacerla en español se ve muy ridículo, es como que por ser más vieja se traduce peor. Lo comenté el otro día y Sarita me dijo que qué quería decir con eso, que qué ando opinando de traducciones si yo no hablo bien ídish, a duras penas sé algunas canciones y algunas palabras sueltas, pero le dije que entiendo bastante bien y que además lo de la traducción se puede dar cuenta cualquier persona que sepa castellano, no hace falta saber ídish para ver que el castellano de la obra que hacemos es bastante raro.

Sobre el final del día pasó David, un muchacho que trabaja en la parte de escuelas judías, a hacerme unas preguntas raras. No tenemos nada de qué hablar, David y yo: los cementerios no tienen ninguna relación con las escuelas. Pero vino con aires de que era algo oficial, preguntó por mi jefe, a qué hora llegaba él, a qué hora me iba yo, y después se quedó callado un rato largo. Como no parecía tener nada que hacer le pregunté si quería ayudarme a pasar letra, no entendió pero cuando le expliqué lo que tenía que hacer me dijo que sí. Le di para leer la letra del soldado romano, la obra se trata de una chica (la que hace Sarita, obvio) que se enamora de un soldado romano. La única escena que me gusta de la obra es cuando ellos deciden fugarse. Sarita para mí no la hace bien: la hace como una muchacha valiente y atrevida. Yo creo que Daniel no le dice nada sobre eso porque lo calienta verla así, pero la escena para mí se trata de otra cosa: una chica remilgada, modosita, que todavía no se ha transformado, que si va a transformarse en otra cosa, en una mujer, lo va a hacer fuera de la escena. No se fuga porque ya sea osada: se fuga para convertirse en una chica osada, hace lo que haría la chica que le gustaría ser para ver si le sale, para ver si con irse le alcanza para ser una chica osada, si irse le desata una metamorfosis. Yo creo firmemente en eso: las cosas que decidimos hacer nos convierten en otras personas, incluso si las hacemos sin convicción. Igual David se trababa mucho en la lectura, se ponía nervioso, así que no pude hacer el personaje como me hubiera gustado, terminé gastando más energía en ayudarlo a él a decirme "te amo" sin ponerse nervioso que en actuar.

22 de marzo

Anoche tuve una pesadilla: entraba a la clase de teatro pero la clase no era en el club sino en el Excélsior, donde ensayamos con Daniel. Y la clase no la daba la profesora Blanca, la daba Daniel, yo sabía que era Daniel nuestro director pero en el sueño no se veía como Daniel, era un chico jovencísimo y colorado y con pecas que se parecía al pianista irlandés ese que vive en el quinto piso. Pero yo sabía que era Daniel.

Daniel nos propone un ejercicio muy distinto de los que Blanca nos suele dar: quiere que tomemos conciencia de las superficies que nos rodean. Dice que nos acerquemos al piso, que escuchemos el suelo, que escuchemos los muros. Quiere que apoyemos las manos enteras primero en el piso, después en las paredes. Yo apoyo la mano entera en el piso y de pronto siento que es como apoyarla en algo redondeado, una carne redondeada, como si fuera la panza de una embarazada. Pongo el oído pero no escucho nada. Daniel me ve y niega con la cabeza. Dice que tengo que escuchar con las manos, pero no escucho nada yo. Es predecible el sueño: todos escuchan lo que el teatro tiene para decirnos menos yo. Daniel me hace un gesto para que me levante y me sugiere que pruebe con la paredes. Yo apoyo las manos en las paredes y es lo mismo, las siento suaves e hinchadas como pechos de mujer pero no escucho nada. Pero esta vez me da un ataque de ira, y no entiendo bien cómo, empiezo a arrancar las paredes a pedazos. Mis compañeros me miran: no reconozco a ninguno, no están Sarita ni Silvina ni Anabela ni Ariel ni Claudia, pero todos me miran como si fuera un monstruo, y Daniel también, y yo no puedo parar, descascaro el teatro y en la mitad me doy cuenta de que me voy a quedar sin teatro y eso me entristece profundamente pero ya no puedo dejar de arrancar las paredes, es como la sensación esa de arrancarse las pielcitas de los dedos, aunque duela ya no se puede parar, el cuerpo te pide una prolijidad, que no quede ni un cabo suelto.

Les conté el sueño a Silvina y a Sarita cuando llegamos al ensayo y ninguna me dijo nada. Silvina me escuchó con atención, Sarita parecía que ni eso, pero cuando Daniel llegó se lo contó como si el sueño fuera de ella. Me quedé muda. Me pareció muy astuto el movimiento porque si yo decía algo iba a quedar como una loca en cualquier caso; si ella lo negaba, por mentirosa, y si no peor, porque en lugar de negarlo ella podía decir "ay bueno era una broma no hace falta molestarse así" y quedaba como una loca igual. Así que no dije nada, por supuesto. No entiendo por qué Sarita me hace esas cosas: es lógico que yo la odie a ella, es la protagonista de todo lo que hacemos, la primera actriz de la compañía, la favorita del director, pero no es lógico que ella me odie a mí. Ella no debería ni siquiera notarme, ni recordar que existo. Cuestión que Daniel se quedó bastante movilizado con el sueño. Le dijo a Sarita que era una pitonisa, que era un sueño premonitorio: que el teatro siempre está en peligro. Lo que no entendí es si se refería al teatro nuestro, al edificio quiero decir, o al teatro en general. No era mi sueño, entonces tampoco me animé a preguntar.

27 de marzo

Llegué tarde a almorzar con Hinde porque me detuvo un tipo. No entendí qué quería hacer: o sea sí, entendí, pero quería hacer algo que no se podía, entonces era poco claro. Tenía que decidir si renovaba lo que tenía para su papá o lo movía a un lugar más económico. Básicamente lo que estaba intentando era marearme a ver si podía quedarse en el lugar en el que estaba pagando un poco menos. A todo lo que yo le explicaba me contestaba "claro, claro", y después cada tanto intercalaba una frase del estilo "lo que yo pensaba era mantener lo que tenemos", pero cuando yo le decía que para mantener lo que tenía había que pagar un poco más se me quedaba mirando, hacía una pausa, decía "sí, por supuesto", "desde luego, señorita", y volvía a repetir. Todo con un tono tranquilo. Me pareció una estrategia muy femenina: decir sí. Pero pasaba el tiempo y no estábamos llegando a ningún lado, entonces cuando le dije que me tocaba ir a almorzar ahí se empezó a desesperar y me dijo que él no se iba a ir de la oficina sin resolver la sepultura de su padre, así con esas palabras lo dijo, venía diciendo papá y de pronto dijo padre y la palabra sepultura tampoco la había dicho antes.

Se me plantó fijo adelante, bloqueándome para que no pudiera caminar. Hay algo dentro mío que se asusta cuando un extraño me pone su cuerpo de esa manera, para que te acuerdes de que te supera por mucho en fuerza, para recordarte que puede lastimarte si quiere, como si una no lo supiera. Pero después me acuerdo que esto me pasa seguido, mi cuerpo se acuerda de que estoy acostumbrada y el miedo se me va, químicamente se me va: se me tranquiliza el pecho antes que la cabeza. Una vez se lo conté a mi mamá y ella llamó a un primo del marido de mi tía, el que me consiguió el puesto, que tiene un amigo con el que juega a los dados que es de la comisión directiva: todo esto para decir que mi mamá pidió que me pongan un seguridad, que no puede ser que una señorita tenga que manejar esas situaciones por su cuenta. Me dio mucha vergüenza, pero por suerte no le hicieron caso. Y además la verdad es que nunca nadie me levantó la mano, es todo simulacro, quieren ver si les resuelvo las cosas si me asusto. Lo que no saben o se olvidan es que yo no puedo resolver nada, si no soy nadie, no puedo cambiarle el precio a nada. Y entonces por eso en realidad tampoco me da miedo. Es raro ponerlo así pero así lo siento: no me asustan los problemas que no puedo resolver.

Hinde está a dieta así que se pidió una ensalada waldorf, es la única ensalada que tienen en el lugar ese que almorzamos, me contó que hace una semana que la pide todos los mediodías. Le dije que podíamos tratar de buscar otro lugar pero me dijo que no le preocupaba, que le gusta la ensalada waldorf y le gusta comer lo mismo todos los días, como los perros, un problema menos. Su papá era amigo de mi papá, trabajaban juntos en Obras

Sanitarias en los años de Perón y se murieron casi casi el mismo día, hace dos años. Dos o tres días de diferencia, me acuerdo porque el de ella fue el que se murió primero entonces al entierro de mi papá ella no vino, porque seguía de shivá, y no es que ella sea tan religiosa pero su mamá sí y además supongo que no le daban ganas. Por supuesto que no me ofendí, le dije que no importaba, y ella dice que sí me debe haber importado porque siempre me acuerdo que no vino, pero me acuerdo por lo de los dos días de diferencia, si no no me acordaría. Me acuerdo muchas cosas igual, si lo pienso, sobre la vida de Hinde, es que tenemos vidas un poco paralelas: nuestros padres eran los únicos judíos de sus respectivas oficinas en el ministerio y nosotras trabajamos las dos en la AMIA, ella trabaja en la parte de jinuj (ella le dice "educación" porque no le gusta usar palabras en hebreo, pero todos decimos jinuj) porque estudió para maestra, pero trabaja en la oficina porque le da más plata y porque se dio cuenta de que la educación le gusta pero los chicos no. Igual quiere tener hijos, siempre aclara eso, pero los chicos no le gustan, no tiene paciencia y además como ella canta en el coro le gusta cuidarse la voz y las maestras siempre tienen la voz cascada. Igual dice que tengo que estudiar algo, maestra o algo, porque no me puedo quedar en la oficina de Tablada para toda la vida, no tengo posibilidades de nada ahí, ella en jinuj puede crecer, dice, pero yo no. Yo le digo que soy actriz y que estudio teatro, pero claramente ella no se refiere a eso.

Hinde me pregunta por qué quiero hacer teatro, y por qué encima quiero hacer teatro ídish. Una lengua muerta para un teatro muerto, dice; y encima ni siquiera lo hacen en ídish, es castellano con pedazos de ídish, un cambalache. A Hinde no le interesa para nada el ídish: creo que hasta lo odia. De hecho al día de hoy la única que a Hinde le dice Hinde además de su mamá soy yo. Cuando la fueron a anotar al registro civil tuvieron que ponerle Hilda, y le pusieron Hilda para decirle Hinde, le dijeron siempre Hinde pero de grande ella se empezó a presentar como Hilda y yo soy la única que le dice así porque somos amigas desde chicas. Esto también lo sé porque tiene que ver conmigo: a mí me pudieron anotar como Jana porque mi abuela se llamaba así y si podías probar que era un nombre de la familia te dejaban, solo te obligaban a poner un segundo nombre en castellano de los que tenían en la lista para que indicara género, el señor le dijo a mi mamá, ella siempre me dice, que Jana es bastante claro con respecto al género, o sea se nota que es un nombre de mujer, pero hay gente que viene con nombres de familia que no se notan y entonces hay que meter otro después para que no queden dudas y por eso yo me llamo Jana Silvia, pero uso solo Jana, es el que más me gusta, Jana y que me digan Jánele. Mi abuela Jana me decía así, Jánele, para distinguirme de ella, y cuando ella se murió nadie más me dijo Jánele porque ya no era necesario, yo ya era la única Jana de la familia, y supongo que también porque es un diminutivo para una niña. Extraño que me digan Jánele pero a la vez entiendo que ya no es necesario y siento que es una buena herencia, heredar un nombre porque ya nadie lo usa, si yo no lo uso ya nadie lo usa, así que eso, me quedo con Jana. Hinde es mucho mejor que Hilda, le digo siempre a Hinde, Hinde es un nombre de hechicera, pero a ella no le gusta que le repregunten cuando lo dice. Cuestión que siempre me pregunta lo del ídish, una lengua muerta para un teatro muerto. Dice que yo podría ser mannequin: no es cierto, solo lo dice porque soy un poco más delgada que ella (apenas) y un poco más alta (por poco, también), pero no es cierto, no tengo el rostro para mannequin. Las chicas que muestran ropa tienen caras delicadas: rasgos chiquitos, nariz chiquita, boca redondeada, ojos vacíos, quiero decir, no vacíos de muertos, tienen lindas miradas, pero miradas livianas, eso quiero decir. Yo tengo nariz grande y boca grande y creo que tengo mirada de actriz. Tampoco conozco ninguna mannequin judía, a decir verdad. Y yo no creo, además, que el teatro ídish esté muerto, como mucho estará moribundo. Le doy todos los argumentos que tengo a favor del teatro ídish, cosas que nos explica Daniel: que el ídish es un idioma que configura un teatro vanguardista e impresionante porque es un idioma que no es de ningún lado, es un idioma de la errancia, que está inundado de todo lo que hay en Europa, y lleva lo más novedoso de Europa por el mundo, como los judíos, que venimos haciendo eso desde tiempos inmemoriales. No es que no exista una cultura judía, un poco existe, pero otro poco la cultura judía es la cultura de llevar y traer, de mezclar las cosas que existen en otras culturas, de hacer entrar lenguajes en países que no los conocen y así transformar el mundo de un país. Daniel de verdad cree que el ídish hace eso y el teatro antes que nada, porque el teatro lleva las emociones, las actúa delante de la gente, le muestra emociones nuevas en cuerpo y alma para que las vean, más que los libros, más que todo. Él dice que incluso en las obras más tontas del teatro ídish está la semilla de algo nuevo, porque todo el teatro ídish se trata de lo mismo: la tradición contra la nuevo, la Europa de la Ilustración contra la Europa medieval, la razón contra la religión, los hijos contra los padres. Eso, los hijos contra los padres: los judíos actuamos este conflicto de dos épocas como un conflicto familiar, porque cada hijo de una familia judía, desde hace cien años o quizás más, tiene que dar esa pelea toda de nuevo, cada padre judío vuelve a inventar un medioevo que sus hijos tienen que incendiar para vivir pero que no quieren terminar de incendiar para vivir. Ese es el tema: cómo dejar de ser judío y seguir siendo judío, cómo vivir una vida auténtica sin terminar de incendiar la fantasía. Es hermoso todo lo que dice Daniel y yo lo repito porque creo que tiene razón, pero la verdad: a mí, sobre todo, me gusta el sonido. Es un idioma que suena lindo, tiene vocales que son más sutiles. A mí, al menos, me quedan mejor que el castellano, a mi voz digo.

3 de abril

Mi madre me dijo que a partir de ahora va a venir a buscarme siempre a las clases de teatro. A Clara, la amiga de Sarita, la asaltaron cuando iba caminando para su casa que es a tres cuadras nada más de la clase, le sacaron la cartera y la hicieron tirarse al piso y le acariciaron el cabello pero nada más, dijo ella. Mi mamá dice que no fue un asalto, que puede ser algo más delicado, algo de política, pero eso son ideas de ella, de mi mamá. También dice que no puede ser solo lo del cabello, que seguro a Clara la manosearon y le dio vergüenza contarlo. Vergüenza es que te ande buscando tu mamá de las clases de teatro cuando tenés veinte años, le dije yo, pero no me hizo caso, que va a venir siempre, insiste.

No es tan grave igual; grave sería que me buscara en los ensayos y no va a suceder porque los ensayos son más temprano. Grave sería que Daniel se diera cuenta de que me tratan como a una criatura, o peor, como a una mojigata, porque de criatura ya no tengo nada, que a los veinte años te ande buscando y trayendo tu mamá es de proyecto de solterona mojigata, de virgen sin remedio.

Anoche, después de la discusión con mi mamá, soñé que iba por la calle sintiendo que alguien me seguía. Alguien me seguía y yo cada vez tenía menos ropa, como si se me fuera cayendo, pero no me importaba, no me importaba en lo más mínimo pero me iba quedando sin zapatos, sin blusa, sin pollera, cuando llegaba a mi casa estaba descalza, en corpiño y bombacha, y no encontraba las llaves. Y no me importaba, no me importaba en lo más mínimo. Estaba contenta. Después tuve como esas noches en las que te vas despertando en la mitad y no estás muy segura de qué pensamientos tuviste despierta y cuáles dormida, me gustaría controlar esa sensación y poder elegir así qué sueño, una forma de elegir la vida, pero no lo controlo, igual es casi como si lo controlara porque mis obsesiones en general son sobre cosas que me gustan entonces los pensamientos que tengo en esa duermevela son los sueños que elegiría tener. Pensé en Daniel montándome desde atrás, como en las películas francesas, Daniel entusiasmándose con mi cola enorme, palpándola como se palpa una fruta para entender si se la compra o no se la compra.

9 de abril

Quiero entender cuáles son las condiciones que hacen a un hombre atractivo. Las didascalias de las obras de teatro están llenas de descripciones de mujeres atractivas: hablan de sus cabellos rubios, de sus rizos, de sus cinturas finas o de "rasgos regulares", que es algo que nunca sé bien qué es, quizás es solo una mala traducción; pero de los hombres rara vez dicen algo más que la edad, como mucho "moreno", "alto" o "distinguido" que tampoco sé qué es, o más bien sé qué es pero no lo sabría explicar.

Daniel:

-No es alto, tampoco diría que es bajo. Es más alto que yo pero más bajo que los otros hombres.

-No es moreno, tampoco. Es como castaño y con la cara rosa de alguien que podría haber sido pelirrojo.

-Tiene los ojos grandes y oscuros, eso sí.

-Creo que lo más atractivo que tiene Daniel es la voz. Es una voz varonil y pesada, pesada literalmente, a tierra, pesada como...

-Como si tuviera un pito pesado, algo así quiero decir, algo que lo tira hacia abajo y lo planta en el suelo.

-El caminar también es pesado. Hace ruido con los pies pero de una manera que no es torpe. Es rítmica. Otra vez, lo del pito pesado.

-Cuando te pone la mano en la espalda para ayudarte a pararte o enderezarte o sacar la voz, aunque no haga fuerza, aunque no tire para abajo sino que se apoye hacia adelante, se siente pesada esa mano, se siente enorme y me parece que no es enorme. Insisto con lo del peso. Eso es ser un hombre atractivo, me parece: pesar. Me imagino tenerlo arriba y que pese muchísimo, que pese infinito, como si te apoyaran un toro o un piano sobre el cuerpo y te alisaran todos los músculos.

En el entrenamiento que hacemos antes del ensayo tuve que hacer un ejercicio que era como esto, describir a la persona que tenías delante mientras le hablabas. Era así: cuando te tocaba con una persona tenías que describirla mirándola a los ojos, Daniel decía "cambio" y buscabas a otra persona y hacías lo mismo. Empezaba el que empezaba, el que llegaba a hablar antes, y si en algún momento te callabas el otro tenía que empezar a describirte a vos. Las tres veces que me tocó me mandé yo y no paré nunca para no tener que escuchar lo que las otras personas podían decir de mí. Me tocó con Sarita, con Clara y con Samuel.

Sarita:

-Es delgada y alta para su edad (ahí puso como una cara, lo de la edad la verdad no sé por qué lo dije, para llenar espacio).

-Tiene rasgos regulares (que no sabemos qué significa, ya lo dije, pero siempre lo leemos y le gustó).

-Los ojos son chicos pero la mirada es poderosa (es cierto, porque es mirada de mala).

-El cuerpo está lleno de ángulos.

Clara:

-Tiene la cadera sinuosa y la cintura estrecha (no es verdad, pero le gustó).

-La sonrisa invita a otra sonrisa (esto sí es verdad).

-Se ruboriza fácil como una chica de buena familia judía (acá nos empezamos a reír tanto que Daniel nos retó).

A Samuel le empecé a decir que era alto y rubio como el marido de la Catalina y se empezó a reír pero no sé por qué en eso Daniel nos hizo cambiar rapidísimo.

Me quedé pensando en el objetivo del ejercicio, qué de esto tenía que hacerme mejor actriz. Lo de las descripciones me sirve para aguzar la mirada y también para aprender a resolver en un segundo la manera en que voy a decirte algo que quizás no te simpatice y a lo que no queda claro qué intención hay que darle. Y también está lo de la escucha, pienso, aprender a escuchar lo que otros tienen para decirte, lo que pasa es que eso no lo ejercité porque no dejé que me hablaran, no di tiempo.

13 de abril

Tumbas profanadas en el cementerio, tuve que faltar al ensayo. El teléfono no paraba de sonar. Entraron unos nazis, mi mamá dice que eran de la Tacuara pero yo tengo entendido que la Tacuara no existe más, bueno, será la Tacuara con otro nombre; ensuciaron unas cuantas tumbas, se llevaron algunas placas de hierro, algunas piedras quedaron rotas. Están investigando a los serenos. En total habrán sido diez tumbas, deben haber tenido poco tiempo, pero empezaron a correr las noticias y empezó a llamar todo el mundo para averiguar por sus tumbas. Encima obvio que cerraron todo y no dejaban a la gente ir a ver, así que yo no les podía decir "y bueno señora, vaya a fijarse, yo no sé cómo está la tumba de su zeide, no lo puedo saber, estoy acá en Pasteur, no tengo telepatía para saber lo que pasa en Tablada, tengo el mismo teléfono que usted". La indicación fue que me quedara al lado del teléfono y sencillamente los escuchara: es una tragedia, es una falta de respeto, es tremendo, estas cosas siempre pasan cuando las cosas andan mal en el país, cuando la gente no tiene plata, cuando falta la educación, cuando falta la educación falta el respeto, lo primero que se pierde es el respeto.

Lo llamé a Daniel al teatro un rato antes de la hora del ensayo para avisarle que no podía ir pero me dijo que no me preocupara, que esta obra no la vamos a hacer, que estamos probándola por hacer algo pero en realidad estamos esperando que llegue la versión definitiva de la obra que sí vamos a hacer y que ahí va a haber audiciones y todo empieza de nuevo. Le pregunté de qué se trataba esa obra pero no quiso decir mucho. Finalmente le insistí tanto que me tuvo que decir que era sobre espíritus. Un espíritu solo, en realidad. Me aclaró eso y cortó sin saludar.

14 de abril

Hoy llegué a la oficina y me estaba esperando un señor grande, con un sombrero gris y barba blanca, un tipo que parecía ortodoxo o Abraham Lincoln. No hablaba como ortodoxo, no tenía esa cosa rusa y parsimoniosa en el acento, así que sí, me pareció que estaba como disfrazado de billete norteamericano. Me dijo que venía a pagar lo de su padre y me sonó un poco extraño, porque el señor era realmente grande, su padre no podía haberse muerto hace poco a menos que tuviera, no sé, ciento veinte años. Y no podía haber pasado mucho tiempo, si acá se paga todo junto, me quedé pensando que quizás no siempre fue así pero desde que yo trabajo acá sí es así. Me dio el nombre del padre, Nojim Mendel, me dijo que se llama, pero yo no encontraba nada. Le pedí que me esperara, que me tuviera paciencia. Busqué despacio, bajo la M y la N y también las letras contiguas, por las dudas, pero no encontré a Nojim Mendel. El tipo no se puso violento ni hizo nada raro, hablaba bajito y tranquilo, pero no se movía, y yo no encontraba lo que él necesitaba. Me miraba y sonreía. Como no sabía qué hacer le dije que me iba al baño y me quedé ahí un rato larguísimo. Me senté en el cubículo de la derecha, apoyé la cabeza contra la pared y me quedé dormida. No sé cuánto tiempo estuve exactamente pero tuve un sueño corto, como si fuera de una escena sola. Yo estaba durmiendo en mi cama, y venía gente a mirarme: venía Sarita, venía David, venía Samuel, venía Clara, todos los de la clase de teatro y todos los de la compañía. Hinde venía también, es como que venía toda la gente que yo conocía, uno detrás de otro, y me miraban preocupados. Al final vino Daniel, vestido de médico, y pensé que me iba a revisar pero no me revisaba. Solamente me miraba fijo, preocupado como todos los demás. Yo tenía miedo de que le dijera a mi mamá que no había ninguna esperanza para mí, pero no le decía nada, nadie decía nada. Era un sueño mudo. Cuando volví, Abraham Lincoln se había ido.

A veces me pregunto si podría actuar sin sentir que Daniel me mira. Sin actuar para Daniel. Si se puede no actuar para una persona. Actuar para ninguna persona.

17 de abril

Ayer me llamó David, el de la dirección de escuelas judías. Yo había ido al mercado del Abasto porque en la verdulería de cerca de mi casa mi mamá dijo que las manzanas estaban todas arenosas, mordió una, la escupió y las tiró todas, hecha una furia, dos kilos de manzanas tiró, pero a la noche venía mi tía Miri con mis primos y mi mamá quería hacer manzanas asadas con crema, no había plan B para el postre, así que me mandó a buscar manzanas decentes y me tardé un rato. Cuando llegué estaba enojada conmigo porque David me llamó y yo no estaba. Dice que si yo sabía que David me iba a llamar le tendría que haber dicho a ella que fuera por las manzanas, que ahora quién sabe si me va a llamar de vuelta. Cómo voy a saber que me va a llamar, ni siquiera sabía que tenía mi teléfono: lo debe haber sacado de algún registro o lo habrá pedido en la oficina. Tardo en entender el enojo de mamá: piensa que David me está pretendiendo y que yo me estoy escapando de él. Yo no creo que David me esté pretendiendo, si cuando le pedí que pasara letra conmigo en la oficina ni siquiera podía mirarme a los ojos. Y eso no puede ser de amor, si ni me conocía, no pueden ser nervios de enamorado. No sé si me escaparía si él quisiera pretenderme. Quiero decir: me resulta tan inimaginable que un muchacho que tiembla cuando me habla me pretenda que no puedo ni hacerme esa pregunta. Porque imaginarlo pretendiéndome implicaría imaginarlo asertivo, galante, plantado, con los pies enraizados en la tierra que pisan, y eso sería quizás imaginarme un hombre del que me podría enamorar. Pero a David no me lo puedo imaginar así.

Al día siguiente me daba miedo cruzarlo así que me fui a almorzar a un café al que no voy nunca, no es que a David me lo cruce en el almuerzo, pero si pidió mi teléfono bien puede haber averiguado dónde como. No tienen muchas cosas, pero un árabe de queso y tomate con el café con leche te sirven, es tremendo cómo te ven la cara, yo dije que quería un sándwich de pan árabe y la moza me dijo sin pestañear, "de queso y tomate, ¿no?", como dando por absolutamente obvio que yo no iba a comer jamón. Yo a veces como jamón, además, solo que no lo haría tan cerca de la oficina. Para mí debemos hacer todos lo mismo y por eso la moza del bar de Uriburu cree que nadie come jamón. Lo bien que hice: justo cuando llegó mi sándwich llegó mi jefe, que se ve que come ahí también. Me saludó, miró para todos lados y como no encontró a ningún otro conocido se sentó conmigo. Fue rarísimo, no teníamos de qué hablar. Hice eso de cuando exprimís todos los temas de la conversación hasta la última gota que tienen para darte: yo lo hago con preguntas. Empezamos hablando del sándwich, me dijo que él se lo solía pedir pero esta semana ya lo había comido muchas veces entonces por eso tenía ganas de probar otra cosa. Ah, sí, ¿cuántas veces lo pidió esta semana? Tres, me dijo, si lo pidiera hoy sería la cuarta. ¿Y cuando no pide sándwiches qué otra cosa come? Si el plato del día no tiene cerdo pido el plato del día, hoy es guiso de lentejas que seguro viene con cerdo así que mejor voy a pedir una pasta. ¿Y come siempre acá? Casi siempre, pero a veces si estoy con gente voy al restaurante que queda más para el lado de Córdoba. ¿De esta mano o de la otra de la calle? De esta mano. ¿Y ahí qué pide? Mi técnica es pensar una pregunta a partir de cada cosa que me dicen, como si de eso se tratara el juego, de contestar todo con una nueva pregunta. Así nos arreglamos casi todo el almuerzo. El tiempo que quedó hablamos de lo de las tumbas profanadas, pero no había mucho que decir porque no se sabe nada nuevo y a todas mis preguntas él contestaba con eso, no se sabe. Yo no quería contarle las teorías de mi mamá y la Tacuara para no parecer vulgar, me parece un poco vulgar ser así de ignorante de la política y hablar de agrupaciones que ya no existen (aunque un poco ignorante soy yo también, pero trato de serlo menos) y sobre todo me parece vulgar ver antisemitas por todas partes como mi madre y sus amigas, así que no había mucho para decir.

Después de la oficina, cuando llegamos a la clase de teatro, Daniel estaba con cara larga. Dijo que el díbuk es nuestra última esperanza, y nadie entendió a qué se refería. Yo le pregunté cómo se escribía y me lo deletreó: D I B U K. Daniel dice que quieren vender el teatro, y que si venden el teatro ya no vamos a tener dónde ensayar ni dónde poner las obras. Samuel le dijo que hay otros teatros pero Daniel negó con la cabeza. Hay otros teatros pero evidentemente no para nosotros. El teatro está en peligro, eso dijo, varias veces, como en mi sueño del otro día, y el díbuk es nuestra única esperanza. El díbuk aparentemente es el título de una obra que vamos a hacer, una obra famosa que podría traer gente al teatro además de la gente de siempre. No quiso contar mucho de la obra, dijo que la próxima vez nos cuenta, primero tiene que estar seguro de que la vamos a poder hacer, aunque todo indica que sí. Yo le dije que solo necesitaba saber una cosa: si la obra está buena o si solo la vamos a hacer por dinero o prestigio, porque puede ser popular o nos puede servir. Es excelente, me dijo. Es la mejor obra que leíste en tu vida.

19 de abril

Vinieron a hacer una auditoría. No entiendo qué tengo que mostrar. No entiendo quiénes son. Me dicen que son del Estado, pero qué tenemos que ver nosotros acá con el Estado. Parece que la administración de los muertos tiene que ver con el Estado aunque se trate de cementerios privados: no se puede hacer cualquier cosa con los muertos, señorita, me dice el señor de la auditoría. Yo asiento. Supongo que tiene razón: no se puede hacer cualquier cosa con los muertos. Le entrego todos los papeles que tengo, lo hago pasar. Me pregunta cifras. Le digo que no sé nada. Solo sé cuántos llamados atiendo por día y cuántas parcelas tenemos, aunque esos números van cambiando. No entiendo qué vino a hacer este hombre. Quizás solo vino a asustarme. Tiene un bigote grueso y peinado, inflado, de esos que acá no usa nadie; no porque parezca de Hitler ni nada, no es un bigote de Hitler. Pero es un bigote que no usa ningún judío que yo conozca, ni los religiosos ni los laicos; es el tipo de bigote que me indica que viene un goi a enterrar a un pariente medio lejano, o a hacer algún trámite raro como este. Le pregunto si me deja llamar a mi jefe, que va a tener más idea de lo que él necesita saber. No me mira, manosea los gemelos de su camisa que hacen juego con los botones del saco, que está mal elegido para esa camisa, tiene unos puños demasiado angostos. Sigue sin mirarme y me dice que no hace falta, pero no se va. Mira los papeles buscando no sé qué. De la nada me asalta un pensamiento: podría preguntarme por la costumbre de los turcos de romper los ataúdes. Los turcos teóricamente acostumbran a enterrar sin tumba, no sé bien por qué, el cuerpo tiene que ir a la tierra directo, a la tierra-tierra, y como estrictamente enterrar sin cajón no es legal, hacen toda la pantomima, cargan el cajón hasta la fosa, como si nada, y una vez que llegan tiran el cuerpo a la tierra, rompen el cajón y tiran los pedazos arriba del cuerpo antes de tapar el agujero para que no queden rastros. Nunca lo vi, lo sé porque acá me cuentan, entiendo que en el de Lomas de Zamora hacen todos así, acá me explicaron que tengo que decirles que se puede hacer aunque no es el hábito. Pero el señor de bigotes no me pregunta nada de eso.

Estoy muy cansada y hace días que siento que en el fondo no hago nada. No leo libros, no soy útil en casa, acá en la oficina tengo todo desordenado porque cuando vengo solamente contesto el teléfono y las carpetas las voy dejando donde puedo, es como que vengo y hago exactamente lo mínimo como para que nadie me grite, ni siquiera puedo guardar bien las biromes que uso todos los días y después no las encuentro. Pierdo demasiado tiempo recuperándome de cada ilusión. Cada ensayo en que parece que Daniel me va a felicitar pero no me felicita, cada día en que me saluda sin detenerse, cada escena que Sara actúa pésimo pero él le festeja igual, y entonces me doy cuenta de que estoy lejos, lejísimos, imposiblemente lejos de que alguna vez me elija a mí. Cada una de esas decepciones me deja rota por pocos días, pero se van acumulando y estoy tan pero tan cansada. No es gratis querer. Eso. Me lo repito. No es gratis querer. Pero cuando se me pasa la tristeza es todavía peor, después de un par de días, se me pasa y ya no me importa lo que pasó y puedo pensar en otras cosas, entonces en teoría podría ponerme a leer, seguir con el libro de Norah Lange que saqué de la biblioteca, armar un monólogo con eso, cómo me gustaría, podría hacer todas esas cosas: pero de pronto no quiero. Cuando ya no estoy triste lo que me queda es un cuerpo duro y frío. No me quedan ganas de nada. Y entonces vuelvo a la clase con otra ilusión, es como que me la invento para romperla: vuelvo otra vez pensando en que hoy voy a probar otra cosa para que me mire, voy a probar algo con los ojos que sea tan pero tan raro que aunque sea tenga que mirarme para decirme que no lo haga más, que hago mucho ruido *en el fondo* con los ojos así. *En el fondo* es la frase que usa para hablar de los que no somos protagonistas, muchas veces me lo recuerda, cuando tengo que actuar con Sarita, me recuerda que la protagonista es ella y que no tiene que parecer que me creo que soy yo. Pero decía: cuando ya no me duele la decepción anterior hago esto, armar otra locura, otra expectativa para soñar con que él va a mirarme y que no me mire y entonces decepcionarme otra vez. Es como que me la busco porque sin esas esperanzas malogradas no me queda nada, ni siquiera tristeza. Hay que tener un llamado que esperar, una sonrisa que buscar. Aunque no lleguen, hay que estar esperando que alguien te llame. Eso pienso.

25 de mayo

Querido diario: estoy leyendo una novela en la que la chica empieza su diario siempre así: "querido diario". Me parece un poco artificioso pero lo quiero probar porque la novela es muy linda y quizás hay algo de lo de subirse a una cosa artificiosa y hacerlo con fe que puede servir para hacer cosas lindas. Igual estoy diciéndolo mal: no pone "querido diario", pone "querido Papaíto Piernas Largas", porque en realidad parece que está escribiendo un diario pero lo que escribe son cartas contándole su vida en la universidad al tipo que se la paga, ella es una huérfana y uno de los directivos del orfanato se ofreció a pagarle los estudios a cambio de que le escriba siempre cartas contándole todo lo que hace. Ella nunca le vio la cara, solo lo vio de lejos, y por la sombra le pareció que era alto, flaco y patilargo como una araña, por eso le dice "Papaíto Piernas Largas". El final del libro tardé en entenderlo: ella en un momento conoce a otro tipo que también es alto y flaco, y se hacen amigos, y al final se enamoran, y el tipo le propone matrimonio, y ahí le dice que él es el Papaíto Piernas Largas. O sea: él la agarró cuando era chiquita, la mandó a la facultad, la educó como le gustaba y después se la agarró, quiero decir, se casó con ella. Hay algo de toda la historia que me parece un poco perverso. Encima mi mamá me explicó, lo podría haber deducido yo pero me lo explicó, que el nombre de la chica, Jerusha Abbot, en hebreo vendría a significar "herencia de los padres": *ierushá* es herencia en hebreo, y *abbot* es padres. Cuando empecé el libro pensé que eso era más un guiño al hecho de que ella es huérfana y se cría en una institución, pero ahora que llegué al final y el hombre que le hace las veces de padre sustituto y pagó su educación (le legó una educación) se casa con ella... no sé.

En el fondo (ahora cada vez que escribo o digo *en el fondo* pienso en eso de ser parte del fondo en el teatro) me gustaría que Daniel hiciera eso conmigo: que me convirtiera en la actriz de la que a él le gustaría enamorarse. ¿Tan mal está, la verdad? ¿Qué ventajas tiene tener una personalidad *propia*, no inventada, o inventada por una misma? O sea, eso, ¿no son todas las personalidades inventadas por alguien? ¿Por qué mejor no dejo que la invente el hombre que amo, en lugar de armar yo un dibujito sin gracia? Me pregunto si Daniel hace eso con Sarita, o si piensa que hace eso. No creo. Si yo fuera Daniel y quisiera hacer eso con Sarita haría muchas más cosas. Él le presta a ella más atención que a mí, eso está fuera de discusión, pero no diría que le presta tanta tampoco. Si yo fuera él haría que ella se vistiera distinto: tiene una cintura tan diminuta, tan exquisita, que la obligaría a tenerla marcada en toda ocasión, de noche y de día, con faldas bien entalladas y blusas de seda algo más holgadas arriba, que le rozen el busto pero no se lo marquen, porque mi enamorada a medida sería seductora pero jamás vulgar. Le enseñaría a actuar mejor, desde ya: eso él trata de hacerlo, pero yo la tendría bien cortita. Le mejoraría mucho la pronunciación de ídish, aunque nuestras obras sean casi enteras en castellano: mi dama tendría que saber hacer las dos cosas a la perfección, pronunciar ambas lenguas como una institutriz. Sarita tiene como una nasalidad y una afectación que se le notan en cualquier idioma: yo estaría todo el tiempo practicando con ella, le pondría unos dedos en el pecho, la rodilla en la espalda, una mano en la garganta, todo con mucha suavidad, un masaje mínimo, solo para que entienda cómo tiene que sacar la voz. Le enseñaría también a aflojar la mirada: ella tiene una mirada increíble, no voy a decir que no, intensa y penetrante, pero a veces se le queda un poco tiesa, los ojos muertos. Y además de eso, por supuesto, la tendría leyendo novelas rusas todo el tiempo, analizando textos de Stanislavski, la convertiría en el terror de las demás mujeres, la piedra más brillante de cualquier salón. La convertiría en una princesa de la que no pudiera evitar enamorarme aunque quisiera, aunque ella no me amara. La convertiría en mi tragedia.

31 de mayo

Otra vez están con lo de la venta del teatro. Mi madre dice que no hay más remedio, que es un peligro seguir con esas reuniones. Le pregunto qué reuniones y dice esas reuniones, donde dan vueltas y hablan, las clases de teatro, le digo, y los ensayos, me dice. Acordate de lo que le pasó al hermano de David, me dice, y dios mío, yo sé que ya estoy levantando la voz, pero qué diablos tiene que ver el hermano de David. El hermano de David estuvo en el desalojo de Exactas y perdió la audición de un oído. No me parece tan grave, no quiero subestimar igual. Diría que es lo más interesante que tiene David, esa historia de su hermano, y para ser lo más atractivo que tiene lo cuenta bastante poco: es que me parece que a su familia le da vergüenza. "Sos estúpida, Jana", me dice mi mamá, "no les da vergüenza, les da miedo". Miedo de los militares, dice mi madre. Le digo que no entiendo qué tiene que ver eso con el teatro pero es mentira, lo entiendo perfectamente, solo no quiero darle la razón. Y en cualquier caso es mentira que lo quieran vender por eso, es un tema de plata sobre todo. Yo necesito dos años, pienso, dos años para conseguir dos personajes que me permitan lucirme ante una compañía extranjera, una compañía que venga de Nueva York y me lleve, dos años para conseguir los protagónicos y aprender inglés y bajar cinco kilos. Después por mí que se mate, el teatro.

Dos rollos de cinta bebé finita color crema (o lo que haya parecido)

Hilo color crema (mismo color que la cinta), dos rollos

No menos de 7 metros de seda blanca (si tienen que ser 8, 8)

De ahí al almacén:

Harina 0000 dos paquetes

Chauchas de vainilla, las que te den

Semillas de sésamo, un paquetito

Miel, un kilo

Que lo anote todo en mi cuenta si no te alcanza la plata. Lo mismo en la mercería.

3 de junio

Finalmente vamos a dejar de perder el tiempo y empezar a ensayar la obra que sí vamos a hacer: *El díbuk*, se llama, de eso hablaba Daniel la otra vez. Dice Daniel que es una de las obras más importantes del teatro ídish. El tema es que tiene pocos personajes femeninos; estrictamente tiene uno solo importante, la hija del rabino, Leye, y después nomás una enfermera vieja que tiene muy poco texto. Pero la obra parece interesante: se trata de un mito de posesión. Aparentemente toda la primera parte es una discusión talmúdica larguísima y después está la posesión, un casamiento que no se puede consumar porque la novia está poseída por el espíritu de un chico que estudiaba demasiado la cábala y andaba metido en lo oculto y se murió. Leye, la hija del rabino, vendría a ser la novia poseída.

Pienso en las posibilidades infinitas de actuar una poseída y casi que me desmayo, me hago pis, no sé. Daniel dice que es un desafío enorme pero que justamente el desafío es el control: actuar de poseído es como actuar de loco o de borracho, está todo para que salga mal y hay que encontrar la forma de hacerlo bien, de una manera que sea conmovedora. Levanto la mano y le digo que hay algo más, que hacer de poseída es actuar de estar actuando, es como actuar de actriz. Creo que no me entiende: él dice que yo no entiendo. Le explico que una poseída actúa de poseída pero me vuelve a decir que no entiendo, y me da mucha vergüenza y mucho miedo que piense que no entiendo el personaje y el desafío y entonces no me dé el papel o ni siquiera me deje audicionar así que le digo que sí, que tiene razón, que antes no entendía pero ahora sí, que había entendido mal y dije cualquier cosa. Pero me quedé repitiéndome la idea en la cabeza para venir a escribirla y no olvidármela: es obvio que una poseída es una mujer que está actuando. No estoy hablando del código, no quiero decir que la obra tenga que ser necesariamente realista y necesariamente tenga que suceder en un mundo en el que las posesiones son imposibles y los muertos y los vivos no se mezclan. Lo que quiero decir es que todas las experiencias intensas se actúan. No es como actuar de loco o de borracho, para nada, es lo contrario, el loco y el borracho no saben actuar, siempre dicen la verdad. Yo siento que la poseída necesariamente actúa de poseída, como la enamorada, que siempre está un poco actuando de enamorada. Y lo otro, lo del realismo, también lo pienso en alguna medida: por lo que entendí de la obra se trata de una chica a la que la casan con uno que no es aquel con el que ella se querría casar. Yo supongo que por eso se hace la poseída, incluso si está poseída de verdad; por las dudas lo sobreactúa, para zafar. Todo esto voy a tratar de hacer en la audición, si Daniel me deja audicionar. No explicarlo: hacerlo. Qué difícil.

Ayer íbamos caminando con mi mamá y de la nada se quedó mirando un edificio que están demoliendo. Se lo quedó mirando un rato largo y en voz baja me dijo: ese edificio era de la Tzvi, es de unos herederos de la Tzvi, la red de prostitución esa de rabinos que traían chicas engañadas de Polonia con la promesa de arreglarles casamientos. Una vez que se destapó el asunto los herederos de las familias se fueron del país y muchas propiedades quedaron así, vacantes; nadie en el barrio sabe si las vendieron o simplemente las dejaron abandonadas, de lo rápido que se fueron o de la vergüenza de reclamarlas. Le pregunté a mi mamá de quién había sido esta y me repitió lo de la Tzvi, como si yo fuera estúpida, otra vez, como Daniel que me repetía las cosas. Es como que últimamente me está costando comunicarme con la gente: la gente no me entiende a mí y lo que sienten es que yo no los entiendo a ellos, y yo siento que entiendo todo. Le dije que había escuchado, que no soy sorda, que ya había entendido que era un edificio de alguna de las familias involucradas con la Tzvi pero que le estaba preguntando concretamente de qué familia se trataba. Me lo dijo al oído, bajito, muy bajito. No llegué a entender el apellido pero por supuesto no volví a preguntar.

5 de junio

Anoche me quedé despierta como hasta las tres de la mañana con *El díbuk*. Tengo dos versiones de la obra, la que nos dio Daniel en copias y una que saqué de la biblioteca de AMIA; apenas la abrí me di cuenta de que era un poco distinta y por eso me la llevé, y después resultó ser de hecho muy distinta. Lo que cambia es la traducción, obvio, pero lo más raro en realidad es que cambia el final.

El principio es idéntico en las dos versiones y es lo que más me cuesta. Discusiones talmúdicas larguísimas pero ni siquiera demasiado interesantes: no puedo creer que alguien piense que esto se puede poner así de largo y aburrido en una obra de teatro. Ninguna conciencia escénica. Cuando abre la obra están un rato largo discutiendo sobre sillas de oro: en serio, sillas de oro, cosas de oro. Es una discusión sobre si a un sabio le corresponde una vida entre honores y riquezas o una vida de pobre. Yo siempre pensé lo segundo, pero creo que es porque me crié en la Argentina que es un país cristiano y para los cristianos es así, aunque a veces no lo cumplan: que Jesús era pobre, que usaba sandalias, y las monjas que veo por la calle siempre tienen los zapatos gastados. Por lo que parece en la discusión con la que abre *El díbuk* la posición mayoritaria en el judaísmo es la otra: que las riquezas son lo que corresponde a la dignidad de un sabio de la torá. Hay un personaje que defiende lo contrario pero justamente es el raro. Supongo que también es el europeo, el occidental: muchas obras del teatro ídish se tratan de eso, nos explicó Daniel, del conflicto entre los valores europeos y los valores judíos, los valores modernos y los valores medievales. Nunca había pensado que los judíos éramos medievales pero supongo que es un poco cierto.

Igual entiendo que lo importante de la discusión talmúdica de la obra es esto que estoy haciendo yo: ubicar a los personajes de un lado o de otro, sirve para eso, para presentar a los personajes, que quede claro quién es quién, quién es normal, quién es extravagante, quién es buen alumno y quién es mal alumno y quién es rebelde. Lo que no sé es si te da mucho para actuar, esto de la discusión teórica: son parlamentos larguísimos en los que no queda claro dónde están las inflexiones, los cambios de tono. Supongo que Daniel se los va a marcar a los varones cuando empecemos a ensayar más en serio, pero siento que es difícil porque son todos debates, no hay casi acciones ni emociones. Es muy difícil actuar así, porque llenar eso de colores se vería forzado, pero si no lo llenás de colores queda un poco soso.

Es terrible que en el hablar tenga que quedar todo en evidencia, las personalidades, los personajes, quién va a hacer qué, en el teatro y en la vida, todo hay que anunciarlo y decirlo con palabras. Quiero hacer cosas, viajar, vivir grandes amores que no se traten de decir te amo, sino, no sé, que se traten otra cosa, ¿de qué otra cosa se tratan los grandes amores? Quizás se tratan sobre todo de eso, de decir te amo. Quizás la vida se parece más al teatro. Arreglárselas para hacer cosas entre cuatro paredes. Con palabras, cambios de frente sutiles para moverse sin chocarse con las cosas, escenografía berreta y vestuarios repetidos.

Esta semana subimos los precios, así que hoy otro día largo en la oficina. Se escuchan las caras largas en el teléfono cuando digo el verso de Beraza. La mayoría de las personas que llamaron hoy no eran jóvenes: ya han enterrado gente, ya saben lo que significa lo de no negarle a nadie la sepultura judía, ya saben lo que significa todo. Lo único que es nuevo siempre es lo de que se te muera alguien, eso no se aprende, todas las veces te cachetea como la primera. Lo de los trámites sí envejece, por suerte. A la salida me vino a buscar mi mamá para ir a la modista. Íbamos solo a arreglar ropa vieja pero en el camino la convencí de que nos hiciéramos unas polleras nuevas, entalladas, una cada una; todas las polleras que uso para venir a la oficina tienen moldería plato y siento que eso ya quedó muy pasado de moda. Además las entalladas son más sentadoras, mi mamá dice que no, que te hacen ver las caderas muy redondas, pero es exactamente al revés: si una es robusta tiene que usar la ropa entallada, la ropa grande es para las siluetas menuditas. Lo leí en una revista y desde entonces presto más atención a las chicas en la oficina y en la calle, es todo cierto. En la modista nos cruzamos con Sara y su mamá que estaban yéndose, se están haciendo vestidos porque la hermana mayor de Sarita se casa. Mi mamá puso una cara medio rara cuando nos contaron y entonces la mamá de Sarita aclaró que el casamiento es en Villaguay, en Entre Ríos, porque la familia del novio es de ahí, no, claro, si no les hubiéramos avisado, imaginate. Sonrisas y se fueron. Me sorprendió verla a Sara ahí con su mamá, en la modista de la calle Castelli, eligiendo entre las mismas tres muselinas que llevan a los casamientos todas las chicas del barrio, peleando con la madre cada centímetro de ruedo; yo en general me imagino que su vida es tan distinta de la mía, pura aventura, la vida de una futura actriz, una futura diva. Quizás su futuro sea ese pero hoy en realidad su vida se parece bastante a la mía.

Llegué a casa y al rato llamó David. Yo sabía que eso en algún momento iba a ocurrir. No teníamos nada que decirnos pero él no quería colgar el teléfono. Hablamos de los nuevos precios del cementerio porque en AMIA es lo que está comentando todo el mundo. Que la próxima hay que remarcar más de a poquito, más disimulado, para que la gente no se dé tanta cuenta.

7 de junio

El personaje de la chica, Leye, es interesante, no solo por lo de la posesión. Me gusta mucho su primera escena. Ella entra al templo junto con otras mujeres porque quiere ver la cortina que guarda la torá: quiere hacer una, bordarla, supongo, cuando se cumpla el aniversario de la muerte de su mamá. Entra al templo de noche: están todos los hombres discutiendo, y de hecho está Konon, el protagonista, el que la ama, que se queda mudo cuando ella entra. Ella trata de saludarlo, y yo no sé cómo explicarlo, pero en el texto se nota que están enamorados, aunque casi no se diga nada. Cuando le preguntan si lo conoce ella cuenta que sí, que cada tanto come en la casa de ella y siempre le brillan los ojos; que él se queda siempre sin aliento cuando la ve; "y yo también", dice ella, "al fin y al cabo una muchacha no debe hablarles a los extraños". Se esconde rapidísimo en el argumento del pudor, lo que una muchacha debe hacer, pero ella también sabe que no enmudece por eso. La escena no la muestra sensual ni seductora ni juguetona: ella no es eso, es virtuosa, es pudorosa, es discreta, todo lo que debe ser una hija del pueblo de Israel. Pero hay una cosa: no tiene miedo. Hay algo que da la pauta de que es especial, y es que es una chica correctísima, modosita, impoluta, pero que no le tiene miedo a nada. Dos veces se ve eso: la primera, cuando una de las mujeres que entra al templo con ella le pregunta si no le da miedo la sinagoga de noche, y ella contesta que esta es la primera vez que entra a la sinagoga de noche salvo por alguna festividad en la que no había nada que temer porque estaba llena de gente. Esta vendría a ser entonces la primera vez que entra a una sinagoga oscura y casi vacía, pero más que aterrador le parece muy, muy triste. Solo habla de eso, de la tristeza: el miedo no dice nada, no lo tiene pero tampoco quiere vanagloriarse de no tenerlo. Y la segunda vez en que se entiende que no le tiene miedo a nada es una página después, apenas, cuando lo saluda a él, a Konon, y le pregunta por su vuelta al pueblo. Él no contesta, ella sigue adelante, pero la calma con la que va y se dirige a ese joven al que le brillan los ojos y que jamás puede decir una palabra delante de ella, la parsimonia con la que ella que sí puede va y le habla... me asesina la fuerza de ese momento. Hace días que pienso en cómo se actúa la valentía de ese momento sin actuar una valentía de este siglo, sin actuar a una chica desafiante. Cómo se actúa la valentía de una chica piadosa.

Pero lo que más me gusta de la escena, por lejos, es que en la obra todo el tiempo está apareciendo la cuestión de lo sagrado en lo profano y lo profano en lo sagrado, es algo que Konon, el protagonista, repite todo el tiempo de sus estudios cabalísticos: que siempre hay pecado en lo divino y algo divino en el pecado. Y Leye entra a un templo, una noche, a enamorarse.

8 de junio

Conseguí una copia de la película de *El díbuk*. Había preguntado acá en el archivo audiovisual pero no la tenían, y después cuando le pregunté a Daniel en el ensayo dijo que un amigo suyo la tenía, que a quien quería le dejaba el teléfono, y yo lo pedí y creo que todos pensaron que era solo de chupamedias y que no lo iba a usar pero sí lo llamé. El amigo de Daniel se llama Alberto, es un hombre de la edad de él pero que parece más viejo, es pelado y bajito, con un bigote tipo pelusa: dirigió algunos cortometrajes, y un mediometraje, dice también, que no sé exactamente en qué consiste, pero me explicó que en general trabaja filmando publicidades. Fui a buscar la película a su casa, que parece una baulera gigante porque prácticamente todas las paredes están cubiertas de piso a techo con cintas etiquetadas; él quería que viéramos la película ahí mismo. Le dije que soy una persona honesta y que no tenía nada de qué preocuparse. Insistió un poco en que no pensaba que yo fuera una persona deshonesta pero le preocupaba que pudiera dañar la copia. En algún momento se aburrió de insistir y me la dio.

Llegué a casa y la puse, la verdad fue una decepción. O sea: no del todo. Es poética la película, es bella, pero es rara. Me encanta la actriz, eso sí: ella es increíble. Tiene unas trenzas larguísimas y la mirada más inocente que vi jamás. Es la viva imagen de la pureza. La película es toda en ídish y tiene algunos subtítulos en inglés, pero entre que son medio salteados y mi inglés no es bueno me cuesta seguirla, así que la estoy mirando de a poco. Las escenas en las que ella aparece son pura luz porque son la pureza: es tremendo pensar que en ese cuerpo tan celestial va a entrar un espíritu perverso, que es el díbuk, pero en el fondo también es la lujuria, el deseo, no entiendo si el deseo de ella o el deseo masculino, el deseo del hombre por ella, o las dos cosas. Pero las escenas en las que ella no está son un aburrimiento absoluto. Los ortodoxos de la película no tienen ningún tipo de gracia. Están encorvados, arrastran los pies, se ven sucios y feos. Me resulta casi ofensivo que piensen que tienen derecho a enamorarse de ella, a casarse con ella, siquiera a rozarla con la vista.

9 de junio

Mi mamá me consiguió una cita con un rabino experto en cábala para hablar de *El díbuk*. Era un compañero de secundario de mi tío que después se hizo más religioso y se terminó metiendo en esas cosas, o eso me dijo mamá, pero un poco se debe haber equivocado, porque yo me disfracé de religiosa con pollera larga y twinset y el tipo ni siquiera tenía barba larga, o sea tenía kipá grande pero la barba recortada, así que tan ortodoxo no debía ser. No sé si se dio cuenta de que me vestí así a propósito por él: ojalá que no.

Le pregunté si alguna vez había practicado un exorcismo: me dijo que no, que esas cosas ya casi no se hacían, pero que había oído de un caso, una chica casadera. Casi siempre son chicas casaderas, me explicó: en general tiene que ver con la cercanía del pecado. Cuando él era chico, me contó, el rabino de su comunidad decía que las casas de las personas que dudaban de los milagros divinos, por ejemplo de que Moisés hubiera partido el Mar Rojo, eran casas vulnerables a la entrada de espíritus. Pero de esos casos no escuché nunca, me dijo, me parece que son solo amenazas: en las historias que leí, el díbuk aparece cuando lo que está cerca es el pecado sexual. Quise insistir sobre esto, pero él me contestó con evasivas. Le pregunté también por la cuestión de lo profano y lo sagrado en la cábala y ahí se asustó más todavía. Me dijo que la cábala es un camino y que hay cosas que uno no puede preguntar así como así porque no está preparado para escuchar la respuesta. Le pregunté si las mujeres podían estudiar cábala: me dijo que aunque los ortodoxos dicen que no Harizal Hakadosh, el santo león, que era un cabalista muy conocido, decía que lo único que hacía falta para estudiar la cábala era el deseo. Reconozco que tenía un poco de ganas de que me dijera que no y librarme así de esto que ahora considero una especie de nueva obligación, no sé si hacia el judaísmo pero sí hacia el teatro. Igual me dijo algo que un poco me exonera: que la gente joven como yo tiene que tener cuidado y paciencia, porque las profundidades del misticismo están reservadas, dicen los sabios, a las personas mayores de cuarenta años.

A la tarde fui a devolverle la película a Alberto. Me preguntó qué tal me había parecido, y me confesó que él nunca la vio. Le dije que al principio es un poco gris pero que después remonta mucho, sobre todo en la escena de la novia poseída en el casamiento, que es hermosa: le dije que si solo va a ver algo vea esa escena, ella bailando como si estuviera sedada y al mismo tiempo enchufada, es una cosa bellísima y sensual de una manera inesperada. Asintió con la cabeza, me sonrió y me dijo que tenía algo puesto en el proyector que quería mostrarme, que pensaba que me podía interesar.

Acomodó una cinta en el proyector, apagó la luz y nos sentamos a mirar. Me dijo que se llamaba *Daniela de la noche*, que era una película francoalemana y que le había costado mucho conseguirla. Era toda en francés y no tenía subtítulos, así que entendí lo que pude. En lugar de aburrirme, decidí tomarlo como un ejercicio teatral: intentar seguir la película leyendo solamente las acciones y las caras de los actores.

Era una especie de policial, eso entendí, porque en un momento hay una escena del crimen, viene la policía, hay una chica asesinada, pero que no es Daniela. Daniela parece ser mannequin, o actriz, o vedette, o algo por el estilo. Aparecen muchas chicas así, mannequins, bailarinas, muy bellas, con poca ropa. En un momento Daniela está bailando como detrás de un viso, y un hombre termina de quitarle con cierta violencia lo único que la cubría, una especie de bombacha pañuelo. Daniela se queda sin nada, completamente desnuda. En ese instante escuché el cierre de Alberto que se abría, se bajó un poco los pantalones. Entendí perfectamente lo que estaba pasando pero me pareció que lo mejor que podía hacer era ignorarlo por completo. Clavé los ojos en el proyector aunque ya no podía prestar la suficiente atención para el ejercicio de reconstrucción que tenía que hacer con lo del idioma. Escuchaba el movimiento rítmico de Alberto, su mano estirándose la piel y chocando con las costuras del pantalón. Sus ojos iban de la pantalla a mí, pero si yo no lo miraba no podían hacerme nada. Me quedé pensando en qué pasaría si yo lo mirara: ¿nos daríamos un beso? ¿Nos acostaríamos? ¿O estaba suficientemente contento con lo que estábamos haciendo? Estaba oscuro. Pensé que quizás si Alberto hubiera sido más amable conmigo las dos veces que nos vimos no me molestaría, darle un beso. Pero nunca había dado ninguna señal de que yo le agradara, o de querer agradarme.

Vimos la película entera, no lo escuché llegar a ningún clímax. Creo que finalmente todo el asunto le dio vergüenza porque me saludó sin levantar la vista del piso y no hizo siquiera un ademán de darme la mano al despedirme. Le agradecí por la película y me dijo que le avisara siempre que estuviera buscando algo, que considerara su videoteca como mía y que estaba para servirme.

10 de junio

Me volvió a llamar David. Mi mamá quiere que acepte su invitación. Lo gracioso es que él no me invita a nada, es como una invitación implícita: el hecho de que me llame representa una invitación implícita, y como yo no me río de sus bromas él no se decide a hacer la invitación explícita, pero tampoco deja de llamarme. Es una cosa ridícula: ya no tenemos nada de qué hablar. Podríamos hablar de los chismes de la oficina, eso compartimos, pero él no se entera de nada y solo finge interés en lo que yo le cuento. No tiene ninguna información para darme sobre nada: no va al teatro, no ve películas, no tiene amigos cuyas historias compartirme, así que nuestras charlas telefónicas parecen entrevistas. Él me pregunta cosas y yo le contesto.

Ayer vino a comer Hinde, invitada por mi mamá, que después me dijo que pensó que estábamos peleadas. No estamos peleadas, solo nos veníamos viendo poco, porque yo entre las clases y los ensayos no tengo mucho tiempo y un poco también porque me da cierto resentimiento que ella no me apoye en lo que hago, es cierto, pero es mi mejor amiga supongo y la quiero igual. Comimos con mi mamá y después fuimos a mi cuarto a ponernos al día.

Le conté lo de Alberto, por suerte no me miró con asco ni con lástima: más bien la historia pareció darle risa. Me dijo que los hombres a veces son torpes cuando quieren tener sexo con chicas que parecen modositas como nosotras porque sienten que no lo pueden decir en voz alta y terminan haciendo las cosas más extrañas.

Y en eso aprovechó para deslizarse al tema de David, que por qué no le estoy aceptando la invitación, si es guapo y yo no tengo ningún otro novio. Entendí que mi mamá le había pedido que viniera a convencerme y se me acumularon en los ojos las lágrimas de la humillación, pero junté fuerzas que no tengo para no pelearme con Hinde porque la extrañé mucho y sé que no es de mala lo que me dice del teatro, y que tampoco es de mala esto que está haciendo. Cuando se fue Hinde sí le dije de todo a mi mamá. Odio pelearme con ella porque no sé hacerlo sin llorar, no es que hay algo en particular que me hace llorar, es como la ridiculez de la situación, es el hecho de sentirme siempre una niña, sentir que no importan los años que tenga, no puedo hablarle a mi mamá con la distancia de una mujer adulta. Pienso que eso puede cambiar cuando yo tenga mis propios hijos, pero cada vez me parece más improbable que eso suceda. ¿Seré, entonces, una hija eterna? Muchas actrices no tienen hijos. Fuera de esta cuestión con mi madre, no sería un problema.

La semana que viene son las audiciones para *El díbuk*. Daniel dice que es la obra que va a evitar que vendan el teatro: eso es lo que está en juego. No puedo estar atendiendo tonterías. A la noche, en la cama, seguí llorando de la rabia, de que me llenen la cabeza de ruido cuando yo necesito estar concentrada. Bastante esfuerzo hago en tratar de que el trabajo y el cansancio del día no me contaminen y después me salen todas con esto de David. La vida teóricamente tendría que servir para actuar pero esas deben ser otras vidas. Las vidas grises y vacías como la mía solo te quitan.

15 de junio

Mañana es la audición. No sé cómo voy a dormir.

16 de junio

No tiene sentido seguir intentando. Con esto del teatro, no tiene sentido. No me dieron el papel de Leye, obvio. Hago de la vieja que le dice un par de cosas cuando ella entra al templo por primera vez. Es el único personaje femenino además de Leye que tiene texto. Debería estar contenta. En otro contexto lo estaría. Delante de Daniel fingí que lo estaba, delante de todos. Pero no puedo soportarlo. No puedo soportar la humillación de no ser la protagonista, de no ser la mejor en la cosa que más amo en el mundo y que yo sé, tengo clarísimo, que Sarita ama menos que yo. Sarita en un año o dos se va a casar y de las obras que hicimos no va a guardar ni las fotos. Ni a los hijos se va a acordar de contarles que fue actriz. Le da igual, completamente igual. Sarita no piensa en el teatro: cuando estamos descansando, en los recreos del ensayo o de la clase, Sarita habla de cualquier cosa. No habla de teatro. Y sin embargo tiene algo que yo no tengo y que no sé de dónde sacar. Una frescura, una presencia. Belleza física, por supuesto: es una mujer hermosa y encima de ser hermosa, encima de eso que ya es más que suficiente para casi todo o para prácticamente todo o más bien para todo, encima de eso tiene un peso para habitar el mundo que yo no tengo, porque yo no habito el mundo como una mujer hermosa. No puedo caminar por un espacio pensando que soy su dueña: lo he intentado pero no puedo. Hinde dice que muchas actrices que no son hermosas caminan por el mundo como si lo fueran, y el mundo les termina creyendo: es algo de las actrices, dice ella. Pero yo no lo tengo, porque no soy actriz.

30 de agosto

No escribo en este diario hace más de dos meses porque estuve muy triste. Estoy muy triste. No me bajé de la obra porque no quiero que Daniel piense que soy rencorosa o que no puedo ser parte de un elenco, pero en los ensayos la estoy pasando muy mal. La semana pasada dije que tenía escarlatina y no vine; una enfermedad de novela me inventé, de eso se moría la chica de *Mujercitas*, seguro que todos pusieron cara de saber que mentía pero como no estuve para verlo la verdad que me da igual. Trato de venir muy poco, si total casi no tengo texto, casi no tengo escenas. Es muy poco lo que tengo que hacer, y muy fácil. Daniel dice que lo estoy haciendo bien, pero no me importa. No estoy haciendo nada. Digo el texto y nada más, con la cara en blanco, lo más en blanco que me sale con toda la angustia que tengo encima. Quizás está buenísimo lo que estoy haciendo, la cara en blanco y la tristeza detrás, quizás es justo lo que necesita esa escena del templo y estoy actuando bien por primera vez en mi vida, de pura casualidad y sin poder disfrutarlo.

Tuve una cita con David. Íbamos a ir al cine pero hubo algún desperfecto y estaba cerrado, así que solo dimos unas vueltas y me acompañó a casa. Fue peor que nuestras charlas telefónicas de hace unos meses porque por lo menos en ese momento yo estaba entusiasmada con mis cosas, le contaba de Ansky, de *El díbuk*, de que casi la dirige Stanislavski, mil historias tenía para contarle sobre eso y las clases y todo. Ahora era todo conversaciones que duran dos líneas. ¿Así que en tu oficina están entrando más tarde? Sí. Qué bueno che. Más o menos, porque también salimos más tarde. ¿Por qué no te quedaste trabajando en el negocio de tu papá? Porque no soy bueno para los números y por eso decidí hacer el profesorado. ¿Y dar clases no te gusta? No, por eso me conseguí el trabajo acá en educación, que es más tranquilo. Los chicos son un infierno. Claro. ¿Lo del teatro va bien? Va bien. Eso distingue a las personas que a una le interesan de las que a una no le interesan, con los hombres pero también con las amistades y más en general. Las personas que se interesan entre sí hablan largo y tendido de pocos temas. Las personas que no tienen nada importante que decirse pasan lista de los temas, los terminan rápido y se quedan mirándose las caras hasta que alguien encuentra otro como en un rincón, o debajo de una taza, o como cuando una encuentra las llaves que dejó apoyadas abajo de un sweater y agradece.

1 de septiembre

No falta nada para el estreno. Ojalá Sarita se enfermara. Qué digo: ojalá se muriera. Yo le envidio a Sarita el porte de actriz y el encanto personal, ya lo he escrito aquí, diario querido, pero juro que esta vez lo está haciendo muy mal. Su Leye es insípida. Peor que eso: es tensa, es durita. No sé prácticamente nada sobre la vida íntima de Sarita, quiero decir la sexual. Novios tuvo, yo le conocí dos, pero quién sabe hasta dónde llegó con ellos; yo supongo que no es virgen, aunque podría serlo. Lo que quiero decir es que parece que no es virgen porque hace a Leye como una seca: su interpretación del deseo de una virgen es esa. Y en cambio para mí Leye es inocencia pura, pero de seca nada: debería tener la frescura de un ramito de fresias, un gesto más blando. El cuerpo y la postura seguro, pudorosos, pero la sonrisa y la forma de hablar deberían ser más blandas. No digo que yo lo pueda hacer eso, claro: digo que es lo que trataría de hacer.

Ayer, al terminar el ensayo, Daniel pidió un aplauso para todos y uno especial para ella. No creo que lo haya hecho porque lo hizo bien, más bien lo contrario, para darle ánimo y que se soltara.

Cuando dejamos de aplaudir, Daniel le puso a Sarita la mano en la cintura. No era un abrazo, tampoco podría decir que "la tomó" de la cintura: apenas apoyó la mano ahí como para acompañar su movimiento mientras ella iba a buscar sus cosas. No creo que nadie haya reparado en eso como algo sexual, fue más bien afectuoso, o celebratorio, como un ramo de rosas después del estreno, pero a mí se me clavó como una daga. Ese solo gesto de escoltarla, de conducirla, de cuidarla, pero también de marcarla, de adueñarse de ella. Dios. Sé mi dueño Daniel.

15 de septiembre

Estrenamos ayer. Sigue sin gustarme lo que hace Sarita, pero estuvo mejor que en los ensayos. Ella siempre está mejor en el escenario que en los ensayos, hay algo del público que la ubica. Yo no invité a nadie pero como en el teatro estuvieron haciendo muchísima campaña mi mamá e Hinde se enteraron igual y vinieron. Estaba llena la sala y la gente súper entusiasmada. A ver: yo no creo que nuestra puesta sea gran cosa, es acartonada y pobretona, la verdad, pero ver *El díbuk* es como ver Shakespeare, el texto está tan pero tan bueno que de a ratos cerrás los ojos y alcanza con las palabras.

Hice un poco eso yo, si total tengo una escena sola. Ser actriz espectadora. El vestuario me quedaba grande, es un vestuario prestado de otra obra, una pollera marrón y una especie de chaqueta color crema, el pelo cubierto con un pañuelo también marrón, nada muy bonito, pero si me hubiera quedado bien hubiera sido menos grave; ni eso me pueden dar. La muchacha que ayuda con los vestuarios me dijo que le dijeron que ese vestuario se iba a usar prontísimo para otra cosa y que podía hacerle nuditos pero nada que quedara muy marcado y por eso no quería hacer pinzas ni nada, no entiendo, si la pollera está llena de marcas y puntaditas ya, y la chaqueta con una pincita mínima en el centro de la espalda ya me iba a quedar mucho mejor, y en la espalda, qué se nota en la espalda, pero bueno, no hay remedio. Traté de concentrarme en mirar antes que en actuar. Daniel dijo que estuve bien y le dije eso, que traté de concentrarme más en mirar que en actuar. Me sonrió, me dijo que era un gran consejo, que en el próximo ensayo íbamos a trabajar con esa idea. Estaba de buen humor. Al rato no sé qué le pasó pero ya no estaba tan de buen humor, dijo que el estreno obviamente tenía que estar lleno porque había muchos amigos y familiares pero que las próximas funciones no estaban muy bien vendidas, pero bueno, después dijo que salió todo bastante bien y que confiaba en el boca a boca de la gente que había estado allí.

Estoy segura de que Daniel está noviando con Sarita. Antes pensaba que cuando yo veía las formas en las que él se las arreglaba para tocarla en los ensayos y la naturalidad con la que ella recibía eso (ni una vez vi que se le levantaran los hombros cuando él la tomaba de la cintura o enroscaba un mechón de su pelo con los dedos) eran cosas de actores, cosas del teatro, y que la pacata era yo que no me podía imaginar manejarse así con un hombre, como no me puedo imaginar a las actrices que se cambian de ropa delante de cualquiera. Pero no, no son ideas mías: es evidente que son novios. Después del estreno fuimos a comer, y él le invitó la comida a ella y ella ni siquiera agradeció, él dijo "lo mío y lo de Sarita está acá" y ella como que ni se percató. Eso es de novios, no hay otra opción. En ese momento nos empezamos a levantar todos y yo traté de quedarme hasta el final para ver si se iban juntos, pero los saludos se hicieron demasiado largos y si sigo llegando tarde mi mamá me va a querer venir a buscar a las funciones así que me fui antes que ellos. Traté de recordar la ropa que tenía puesta Sarita, para ver si a la función de mañana llega con lo mismo, pero ya te digo que me voy a olvidar, ni ahora me la acuerdo bien.

22 de octubre

Vuelvo a escribir en este diario porque las cosas han cambiado tanto. *El díbuk* no es el éxito que todos esperaban. Daniel dice que la obra es demasiado compleja y demasiado mística, que tendrían que haber adaptado un poco el texto para que el leitmotiv del amor verdadero quedara un poco más subrayado, la cosa de Romeo y Julieta, pero no; quedaron demasiado adelante las discusiones talmúdicas y la cuestión espiritista, y los judíos del presente, al menos los laicos que vienen al teatro, no conectan tanto con eso. Trataron de traer religiosos al teatro, pusieron carteles en sus templos, les ofrecieron promociones: imposible, por supuesto. Solo una vez vino un día una familia, un hombre con un sombrero pequeño, una mujer jovencísima, delgadísima, y cinco hijos de edades diversas. En la mitad de la obra se fueron todos, no haciendo un gesto de protesta, se fueron despacio, primero los chicos, de a uno, después el padre y última la madre, vigilando que no se le quedara ningún hijo. No sé por qué se habrán ido: no hay ni siquiera un beso en la obra.

Daniel dice que ese es justamente el problema y por eso empezó a hacer audiciones para otra obra. Dice que el público del teatro judío ha cambiado, que no hay que hacer más obras para viejos secos, que hay que pensar en la gente que va al teatro en serio, no en gente que viene al teatro a ser judía, que eso no existe más, que ya a nadie le importa ser judío, o no a la gente que nos importa a nosotros. Alguien dijo algo de la obra que se sabía que tenía Rozenmacher y por un segundo pareció que él, Rozenmacher digo, que estaba ahí, iba a contestar y la iba a ofrecer, pero en sus ojos vi que se había dado cuenta de que no podía decir lo que quería decir, así que hizo como que no escuchó, aunque todos nos dimos cuenta de que escuchó, parpadeó un poco para reorganizarse e hizo como una sonrisa de desentendido. Se disolvió el momento Rozenmacher y Daniel dijo entonces que estuviéramos preparados, preparadas sobre todo, agregó, y guiñó un ojo, yo sentí que en dirección a mí pero supongo que porque yo estaba conversando con Silvina y con Sandra, guiñó el ojo para el lado de las chicas. "Tengo una cosa en mente", dijo Daniel. Mañana mismo van a estar los textos de una obra nueva para audicionar porque no hay tiempo que perder, necesitamos hacer un par de funciones antes de fin de año, la idea es estrenar en noviembre, generar conversación y reestrenar. *El díbuk* va a seguir dos semanas más, para no cortar tan de repente y porque hay algunas entradas vendidas, pero ya está, más es perder plata para el teatro. *Dios de venganza*, se llama la obra nueva, es todo lo que nos dijo. Es una prueba que queremos hacer con algunos compañeros, agregó eso con una sonrisa cada vez más entornada. Ahí empezó a hablar Gerardo, que es como parte del petit comité de Daniel; puede salir muy bien o muy mal, dijo, pero a estas alturas ya ni siquiera lo que salga muy mal puede ser peor que como estamos.

La gente se empezó a dispersar. Sarita se quedó atándose los cordones de los zapatos abotinados que lleva siempre, unos color caramelo que siempre le miro. Pensé que estaba esperando a Daniel pero él se fue con Gerardo, sin saludarla. Me dio pena ella. La odio y le he deseado la muerte pero juro que me dio pena verla así, sin repertorio, tratando de sostener la compostura. Varios en la compañía la culpan por el fracaso de *El díbuk*. Un crítico escribió que la obra tenía buenas intenciones pero le faltaba profundidad escénica y densidad emotiva, "dos cualidades de las que su actriz protagónica carece por completo". Sarita es lánguida y es verdad que de a ratos se le vacía la mirada pero los periodistas son idiotas y Daniel y Gerardo no quisieron adaptar casi nada del texto. Es muy difícil ponerle densidad emotiva a parlamentos engolados que apenas se entienden. Espero que la obra esta *Dios de venganza* tenga algo un poco más actual, o al menos esté un poco más actualizada en términos de las palabras que se usan. Por las miradas de Daniel y Gerardo creo que es bastante probable.

David me invitó a salir de nuevo, le dije que sí pero que en una semana, cuando terminen las audiciones de la obra nueva. No me gusta él pero tengo que reconocerle que me escucha: me preguntó cómo seguían las funciones de *El díbuk* y por qué estábamos haciendo otra obra nueva tan seguida, evidentemente me presta atención. Le dije que le explicaría bien cuando nos encontráramos y pareció contento, como que antes había pensado que lo de la audición era una excusa y ahora parecía que de verdad nos íbamos a ver.

Hoy vino una mujer de cerca de cuarenta años a pagar el entierro de su madre, Berta Kritzerman. Estuve un rato largo intentando deducir por qué me sonaba y después recordé que tenía en la cabeza el nombre porque alguna vez mi mamá me dijo que Berta Kritzerman fue la primera mujer a la que ella había visto manejar. Berta vino de Austria escapando de la guerra, parece, y dice mi mamá que en Austria las mujeres fuman y manejan mucho más que acá, desde mucho antes. Se lo iba a contar a David pero me pareció que no iba a entender el punto de la historia, iba a parecer una anécdota sin remate.

1 de noviembre

Esto de *Dios de venganza* va a ser una bomba. Hoy directamente descolgué el teléfono en la oficina una hora entera para poder leer tranquila. Lo hubiera dejado descolgado el día entero pero vino uno de los coordinadores de la bolsa de trabajo para decir que una prima lo había llamado a él a la oficina porque estaba imposible comunicarse con cementerios así que puse la boquita así redonda como una actriz de cine mudo y dije ay sí mirá, qué atolondrada, lo colgué mal hace un ratito, igual no puede haber pasado mucho tiempo porque hace veinte minutos atendí un llamado, de un señor que quería refinanciar una parcela que venía pagando hace cinco años, ahí frené porque me acordé de que cuando una ofrece demasiados detalles delata que está mintiendo pero al tipo le dio bastante igual, hizo un asentimiento de cabeza y se fue.

La obra se trata de un burdel, un padre que tiene un burdel y además tiene un montón de hijas, a las que trata de mantener separadas del burdel, por eso Daniel nos miró con tanta intención el otro día, porque hay personajes para todas las chicas, pero los personajes principales son dos: una de las hijas, y la prostituta de la que ella se enamora. La obra tuvo muchos problemas, dice Daniel, porque es de principios de siglo y en su momento la censuraron, porque tal cual como está escrita viene con un beso. Dijo esto como al pasar, mientras él y Gerardo entregaban las copias para las audiciones, y varias chicas se quedaron congeladas. Leímos unas páginas todos juntos y cuando terminamos, cinco chicas devolvieron sus copias. Lo vi a Daniel haciendo números con los ojos: si no me falla la vista, con las que quedamos a duras penas le alcanza para las prostitutas y las hermanas que están en la versión que vamos a hacer. "No pasa nada", escuché que le decía Gerardo, "si hace falta unificamos un par de hermanas y un par de putas que tengan poco texto".

3 de noviembre

Mamá me dijo que teníamos que hablar de algo serio, sirvió dos cafés, puso mantel y todo, me pareció muy raro. Quería preguntarme si David me había hablado de matrimonio, porque la madre de Hinde le había preguntado a Hinde e Hinde dijo que no sabía nada entonces la madre de Hinde le preguntó a mi mamá y le dijo eso, que Hinde no le había querido contar, pero mi mamá dice que si la mamá de Hinde anda preguntando es porque la gente anda conversando y que entonces es momento de empezar a hablar del tema. Me quedé muda: toda la conversación me pareció completamente inverosímil. Estuve callada unos segundos masticando lo que había oído y entonces arremetí: yo no soy ninguna doncella, mamá, ya deberías saberlo, soy actriz; no es que vaya a ser Sarah Bernhardt pero no tengo ningún problema en que me vean paseando con un muchacho, más te vale que te acostumbres; así se lo dije, con lo de Sarah Bernhardt y todo. Y por otra parte, la verdad, no tenés nada de qué preocuparte, porque David y yo ni siquiera nos hemos besado, y no creo que lo hagamos. Esto último lo dije un poco más avergonzada, claro, ya me gustaría estar discutiendo con mi madre porque leyó en mi diario que tengo un amante, dos amantes, mil amantes, pero bueno, la verdad es que no, la pura verdad es que no tengo ninguno, no tengo nada. En ese punto se le transformó la cara, yo pensé que se iba a calmar pero se puso peor; me dijo que David era un muchacho perfectamente respetable y que no entendía con qué me andaba haciendo la exquisita yo, si tampoco es que me sobra nada. Por supuesto que me pareció humillante pero en lugar de contestar decidí tomar aire y retirarme a mi cuarto en silencio. El movimiento la desconcertó y me dejó en paz, por suerte, porque tenía que terminar de preparar la audición. Llegué al teatro un poco tomada, y no sé si lo hice muy bien. Primero pasé para la parte de la prostituta y estoy segura de que me olvidé un texto, además hacía mucho frío y entonces tenía que concentrarme en el texto y al mismo tiempo en bajar un poco los hombros que se me subían por el frío, tener una actitud corporal relajada que fuera a contrastar con lo que iba a probar después para la hija, pero bueno, hice lo que pude. Lo de la hija quizás me salió un poco mejor porque ya estaba más tranquila y menos recién llegada. No éramos muchas. Se corrió bastante el rumor sobre la temática de la obra y algunos padres les prohibieron a sus hijas venir. Había un par de chicas desconocidas, porque sé que Daniel fue entonces a conseguir chicas de afuera, actrices de teatro común que tuvieran apellido judío, pero igual no éramos muchas.

8 de noviembre

No lo puedo creer. Yo sé que no le gané a nadie, que justamente me lo dieron porque no hay nadie, pero igual me lo podría haber ganado una actriz del teatro común de las que vinieron a audicionar por esta vez, y no, no fue así. Voy a hacer de la prostituta. Yo, una virgen, voy a hacer de la prostituta. Sarita va a hacer de la hija, así que voy a tener que enamorarme de ella. O sea que Daniel piensa que Sarita se ve más virginal que yo. Que yo soy más relajada. No lo puedo creer. No me pude sacar la sonrisa en todo el día, en la oficina. Pensé que la gente creería que es una falta de respeto, los clientes, pero no, te miran con un poco de miedo nomás, o de lástima, como si fueras loca o medio retrasada.

20 de noviembre

Estamos corriendo con los ensayos para estrenar el 10 de diciembre a como dé lugar. Ayer fue la prueba de vestuario, finalmente vi lo que quieren que me ponga. Es un corsé de lencería color negro con una falda color borravino como de lanilla, arriba llevo una camisa abierta con detalles de encaje pero que está bastante estropeada, sirve para el personaje pero además es lo que hay. Daniel dice que me queda grande, que el corsé hay que achicarlo para que me apriete bien las tetas. La verdad que no es una cosa tan tremenda el atuendo, pero a mi mamá no le va a gustar.

A Sarita la vino a buscar la madre después del ensayo así que Daniel me acompañó a casa a mí. Me dijo que podía preguntarle lo que quisiera, y le dije que solo quería hacer dos preguntas: por qué me había elegido a mí para hacer de la prostituta, primero, y por qué no nos íbamos a besar Sara y yo como decía el texto original, segundo. Lo hice reír. Me dijo que yo soy más sexual que Sarita, y me quedé mirándolo desconcertada. No tiene nada que ver, me dijo, ser sexual con tener sexo; yo supongo que un poco sí tiene, le contesté, y lo besé, en la puerta de mi casa. Fue un beso largo, y ni bien separamos las caras se fue alejando sin decir nada. Lo segundo que le pregunté nunca me lo respondió.

10 de diciembre

Nunca sentí nada parecido a ese momento. Ni parecido en el sentimiento ni parecido en la escala. Alguna vez había pensado, mirando una película de Bette Davis, que las actrices como ella, como Katherine Hepburn, parecían no escucharse a sí mismas cuando estaban actuando. Siempre pensé (siempre supe) que mi conciencia intensificada era un rasgo de mala actriz; esa cosa de estar actuando y estar a la vez mirándome de afuera. Ellas seguramente salían de una función o de un ensayo y no tenían ni idea de lo que habían hecho; no lo leí en ninguna biografía, me lo estoy inventando, pero así las imagino. Yo siempre sé lo que estoy haciendo, siempre, salvo anoche. Anoche no sabía nada.

Por eso, no puedo decir que lo haya hecho a propósito: ni siquiera puedo decir que lo haya hecho yo, porque de verdad ya no sé si fue idea mía o de Sarita. Si lo pienso a las dos se nos jugaba algo; a mí mi primer protagónico, a ella vengar la indiferencia del público y las malas críticas de *El díbuk*, quizás también demostrarle algo a Daniel. Pero hay muchos momentos en la obra en que nos podríamos haber besado, y las dos supimos que era solo ese, no sé cómo ni por qué, pero las dos sabíamos que iba a ser tanto que no podía haber amagues ni anticipos; solo podía suceder en el final-final. Antes del aplauso hubo un silencio estremecedor, esos silencios de aire quieto, un teatro entero conteniendo la respiración. No exagero, estoy segura de que no exagero. Fue tan largo que pensé que nadie va a aplaudir, pero sí, aplaudieron. Empezaron Daniel y Gerardo y la gente se sumó tímidamente hasta que explotó, uno de esos aplausos que crecen desde abajo.

Daniel después nos preguntó si habíamos metido lengua. Obvio, le dijo Sarita, y yo también me quedé pensando, qué clase de pregunta es esa, cómo no vamos a meter lengua, cómo se besa sin lengua. Él dijo que los actores profesionales besan sin lengua, para distinguir los besos de la ficción de los besos de la realidad, pero nunca nadie nos había enseñado eso. Al menos yo no lo recordaba.

FIN DEL DIARIO

Tercera parte:

Sabrina

Ni en el más salvaje de mis sueños soñé con algo así. O sea: incluso si los archivos de la AMIA no se hubieran quemado sería una locura encontrarse con algo así. Más todavía, me parece, en realidad es al revés: si la AMIA no se hubiera quemado sería imposible encontrar este diario, porque nadie lo hubiera documentado, ningún historiador se hubiera fijado en él, no estaría en ningún archivo. La única razón por la cual hubo gente como Pancho que guardó papeles de la AMIA fue porque la AMIA se quemó, y de pronto cualquier basura que hubiera ahí se convertía en un testimonio. De otro modo esto era esto. Si el atentado no hubiera sucedido esto era un diario íntimo de una cualquiera en un cajón cualquiera de una oficina cualquiera. Basura.

Pancho dice que lo encontraron entre los escombros, no él personalmente, pero que todas estas cajas que tiene son de cosas que le vendieron personas que fueron a sacar cuerpos y cuando encontraban algo que les llamaba la atención en lugar de entregarlo a los archivistas se lo quedaban, como la gente que se llevaba a su casa una piedra del muro de Berlín. Supongo que el diario de Jana tiene que haber quedado en el cajón de un escritorio, pero muchos años, muchísimos, porque aunque por ahora no puedo fecharlo como máximo tiene que ser de los sesenta, como súper máximo, antes de 1970 seguro. El edificio que voló en el 94 funcionaba desde el 45, pero yo creo que este diario es bastante posterior, eso, como máximo de los sesenta y como mínimo de los tardíos cincuenta, por la forma de hablar de ella sobre todo, pero son intuiciones nomás, unas primeras intuiciones. Le pregunté a Gabriel si pensaba que se podría usar alguna técnica química para datar el diario, carbono 14, no sé, algo así. Se rio con la nariz como si yo hubiera dicho una idiotez y después me dijo que él no es historiador, que no sabe de esos métodos. De qué se ríe tanto, entonces, me pregunto. Le escribí a una amiga que sí es historiadora y quedamos en que la veo mañana, después del ginecólogo, a ver qué podemos hacer.

De: prodriguez4040@gmail.com
Para: sabrinak1988@gmail.com
Fecha: 12-08-2022, 13:21
Asunto: RE: RE: RE: consulta

Hola Sabrina, como te dije la primera vez que hablamos, yo no tengo ninguna información adicional sobre el diario ni sobre ninguno de los otros papeles que hay en la caja, son cosas que me vendieron de los escombros de la AMIA, eso es todo lo que yo sé, y la verdad es que fue hace tanto tiempo que ni siquiera recuerdo a los vendedores, algún otro investigador intentó contactarlos alguna vez sin suerte. Te pido mil disculpas por no tener esa información.
Por el diario podemos hacer dos cosas, o me transferís o me das efectivo cuando venís a traer lo otro que llevaste. Si es transferencia igual lo hacemos por afuera de Mercado.

Saludos,

Pancho

El ginecólogo me mandó a analizar los fibroadenomas, como siempre. Ya no me da miedo, los tengo desde chica: por alguna razón mis tetas hacen eso, nodulitos, cosas de más. La primera vez que me los mandaron biopsiar casi me muero de la angustia, era chica. Nunca antes había visto a mi mamá así de preocupada, preocupada en serio. No pasó nada y ya está, desde hace como quince años que me los controlo una vez por año y nunca pasa nada. Un exceso como cualquier otro, supongo, y el único exceso que tiene mi vida ahora, si me pongo a pensar. Exceso de células.

Marina, mi amiga historiadora, dice que en términos químicos no hay nada que hacer. Se puede buscar el modelo de cuaderno, me dice, y eso se puede comparar con gente que estudie cosas de distintas épocas, pero no está muy a la vista la marca. Lo más lógico en un caso como este, según Marina, es fecharlo con referencias textuales: los personajes que menciona, los lugares, las alusiones a la política u otros eventos históricos. Con el archivo de la AMIA sería facilísimo, pero no tengo que pensar en lo que no hay. Entre las cosas que vengo encontrando hay varios afiches de producciones de *El díbuk*, aunque creo que son todas más viejas de lo que yo pienso que es el diario. Y de *Dios de venganza* algo vi. Algo voy a poder hacer con eso.

Gabriel no entiende mi entusiasmo por el diario. Dice que no me tengo que quedar con las curiosidades, que mi proyecto de doctorado me lo aprobaron raspando y tengo que dedicarme a fortalecer mis hipótesis de trabajo para que se vea un poco más sólido todo ya en el primer informe. "No te sobra nada", eso me dijo, con la boca fruncida y las cejas arqueadas. Mirá que no te sobra nada.

Para: sabrinak1988@gmail.com
De: carly.finkelstein@yale.edu
Fecha: 20-08-2022, 10:20
Asunto: RE: a couple of questions

Dear Sabrina,

Thank you contacting me, and for sending the scans. I will have transcripts of all the pages regarding *God of Vengeance* very soon, I'll send them to you in case you find them useful. I'm attaching all the material I have on performances of *God of Vengeance* that took place in Argentina and Uruguay. For now, however, I haven't been able to find a performance where the leads where played by local actresses; in my records they were always foreign actresses joining local ensembles or foreign companies altogether.
I will keep looking. Have you already placed the Dybbuk production? That might be of help. Let me know if/when you do.

All best

Carly Finkelstein

PhD Candidate
DRA David Geffen School of Drama at Yale

La gringa que se especializa en la historia de *Dios de venganza* no sabe nada. No sé por qué me sorprendo ni por qué la contacté: puro complejo de inferioridad sudaca. Todos los materiales que me mandó yo ya los conocía. Obvio que los archivos locales yo los conozco mejor, y allá tienen cosas de las compañías extranjeras que venían a hacer funciones pero de las compañías locales no tienen nada. Me doy cuenta también, charlando con ella, que difícilmente pueda ayudarme a ubicar nada, porque de historia argentina y latinoamericana sabe poquísimo. En fin.

El nuevo arreglo de Gabriel con su ex es así: Juli pasa una semana en la casa de ella y una semana en la casa de él, y es irrelevante si él está o no está, la semana que le toca a él tiene que arreglárselas para que la nena esté con alguien a como dé lugar. Cuestión que Gabriel se fue a Chile a ver unos archivos de ni sé bien qué y me dejó a mí en su casa con la criatura. No es que me moleste, me encanta pasar tiempo con Juli y se lo dejé en claro a Gabriel, pero me gustaría que me lo hubiese preguntado antes de darlo por hecho. Marina tiene un hijo apenas más grande así que me invitó a ir con ellos a la plaza y de paso seguimos charlando del diario. Le hice una copia y se la pasé para leer, y la trajo a la plaza toda subrayada. Se lo leyó en una noche, no podía parar, y encontró un par de cosas bastante importantes. Las alusiones a Perón y a los militares no dicen mucho, pero el "desalojo de exactas" en el que estuvo el hermano de David es la Noche de los Bastones Largos. No queda tan claro en el texto cuánto tiempo pasó de ese momento al presente del diario, pero todo indica que no pueden ser más de un par de años y que podrían incluso ser un par de meses. Es exactamente lo que yo pensaba, los tardíos sesentas. No es mucho, pero es algo: es más fácil pensar a quién le puedo preguntar por los nombres de pila que aparecen, sobre todo por Daniel y Sarita, que dado que fueron director y primera figura deberían ser más o menos recordados por la gente con la que me entrevisto.

Jaim dice que aunque Gabriel no tenga razón en desestimar el diario sí la tiene en que yo debería dedicarme a fortalecer mi proyecto de doctorado y a pensar un primer paper importante, porque después te metés con la tesis y si no llegaste a hacer los papers no tenés chance de postdoc y mucho menos de entrar a carrera de investigador. Le dije a Jaim, yo creo que puedo armar un paper con esto, un súper paper, que incluso conecte con la tesis que tenía delineada. Si, como todo indica, el estrellato de Jana arranca a finales de los sesenta e incluso quizás a comienzos de los setenta, Jana podría ser la última (o una de las últimas) actrices del teatro judío. Por la edad que parecen tener Jana y Sarita se tiene que tratar de uno de esos grupos jóvenes que aparecen en la etapa posterior al desarme del

IFT, con mucha gente de veintipico y actores amateurs y debates sobre qué significaría renovar el teatro judío mientras siguen haciendo los mismos textos una y otra vez. Me gustaría hacer un análisis del diario en relación con esta idea, la pregunta por la renovación, por la paradoja de intentar revolucionar un teatro al tiempo que sus audiencias desaparecen y sus teatristas dejan de ser profesionales, la contradicción eterna de todas las organizaciones (los teatros, los Estados, las parejas) que se dan cuenta de que tienen que cambiar justamente cuando ya están demasiado en crisis como para implementar cualquier estrategia. Pero no me alcanza con lo que tengo, Jaim me lo insinuó y yo sé que es cierto: tengo que poder localizar al grupo con más precisión. Hay que encontrar a Jana, o a Sarita, o al tal Daniel, o a alguien que los recuerde y pueda decir el nombre de la compañía de la que formaban parte. Además hay agujeros, sobre todo me preocupan dos: lo de las versiones que todavía no encuentro de *El díbuk* y *Dios de venganza* y la mención al teatro Excelsior, que ya no se llamaba así para los años sesenta. Jaim dice que me concentre en encontrar las versiones, que lo del Excelsior no tiene la menor importancia, puede ser como la calle Canning que la gente le sigue diciendo así.

Dante, el hijo de Marina, tiene casi seis años. Le pone una voluntad enorme a jugar con Juli, pero evidentemente se le hace difícil; igual él casi parece no darse cuenta, o decide no prestar atención a propósito, el acto de amor más grande del que es capaz el ser humano. Ayer, camino a la plaza, me preguntó si podía jugar con Juli una carrera; le dije que me parecía que no era muy prudente y que además seguramente se iba a aburrir, porque Juli corre muy despacio, mucho más despacio que él. Me dijo que no era una carrera de correr rápido sino al revés, una carrera especial es que lo que él llama "la carrera al rompeculos", que es una carrera de correr lento. Marina puso los ojos en blanco y me pidió perdón, por si Juli no podía escuchar malas palabras, que seguro las va a repetir delante de los padres, pero le pedí a Dante que siguiera explicando. El rompeculos es el tobogán de la plaza de cerca de lo de Marina, porque es un tobogán viejo, de madera, con varios clavos salidos, que te rompe el culo cuando te deslizás, y por eso la carrera al rompeculos es una carrera especial, una carrera *al revés*: no se puede dejar de correr, pero en realidad nadie quiere llegar a la meta, entonces gana el que llega último. Lo que hay que hacer, entonces, es correr muy despacio y tratar, en cambio, de conducir al adversario a la meta. Le dije que mientras no empujara mucho a Juli y la cuidara no me parecía mal. Le dio la mano y la instaba a correr mientras él se tiraba a sí mismo para atrás. Me pareció una metáfora enroscada pero buena para la carrera académica. Yo, pongamos, no quiero que se me termine el doctorado porque si efectivamente lo termino tengo que buscar alguna otra manera de financiar mi vida, una postdoc, algo más inestable, pero bueno, nadie lo puede decir, tengo que hacer la tesis, trabajar para mi tesis, actuar como si de verdad quisiera terminarla y pasar a la siguiente etapa, que es hacer lo mismo pero con menos estabilidad y prácticamente por la misma plata; exactamente igual que la carrera al rompeculos, la meta a la que nadie quiere llegar. Juli no parecía terminar de entender el sentido del juego, si había que ir hacia adelante o hacia atrás, pero bueno, yo tampoco lo entiendo.

Esa noche, después de acostar a Juli tempranísimo, me quedé dormida releyendo el diario, con las copias que hice para proteger el original mitad tiradas al lado de la cama y mitad pegadas a mi cara. Me dolía la panza otra vez así que me tomé un clonazepam, dormí profundo y soñé. Soñé que entraba a casa, no a la casa de Gabriel donde estoy durmiendo ahora sino a la mía a la que ya casi ni voy, entraba a esa casa y de tanto dejarla vacía se ve que la habían robado, estaba desvalijada pero además soplaba un viento duro, como si lo que me hubiera desvalijado fuera un huracán, o unos dioses griegos de esos que tienen alas en los pies y me imagino que dejan una estela como la del correcaminos a su paso. Yo entro temblando, sola, y no pienso en llamar a nadie: más bien pienso en esconderme, como si me diera miedo que me descubrieran, no el ladrón, no los ladrones; es el miedo de alguien que hizo algo malo, alguien que teme que la atrapen, que sabe que es mejor no levantar la perdiz. Tratando de no hacer ruido empiezo a revisar mi casa. Busco mi computadora, mis libros, mis papeles: no me importan los objetos de valor, si me importa la computadora es porque me importan los datos que tengo en ella, solo me importa eso, mis datos, pero no hay nada, no hay computadora, no hay papeles, no hay nada. Donde había esas cosas solo quedan huesos: huesos por todas partes. Huesos en los cajones, arriba del escritorio, abajo del escritorio, huesos sobre la mesa de luz, huesos acomodados en la biblioteca.

A la mañana cuando me desperté lo entendí. Me falta buscar en la lista de víctimas. Cómo no se me ocurrió antes. Si Jana tenía veinte o veintipico cuando fue la noche de los Bastones Largos, en el 94 debía tener algo más de 50, así que perfectamente podía seguir trabajando en AMIA; sí, mínimo 48 o 49, y máximo 60, porque en el diario claramente tiene menos de 30.

Para: sabrinak1988@gmail.com
De: martitakreizer2020@gmail.com
Fecha: 25-09-2022, 15:26
Asunto: RE: consulta rara

Hola Sabri lindo saber de vos y tu familia. Estuve tratando de acordarme lo que costaba un entierro en Tablada cuando se murió mi zeide en el 73, me tendría que acordar porque te digo que mi mamá hablaba de ese número todo el tiempo, pero se me mezcla con recuerdos en australes de los 80. Sus papeles los tiramos todos hace mucho. Lamento no poder ayudarte. Un beso para vos y otro para tu mami.

No me duró nada la ilusión de las víctimas. Estuve unos días investigando los nombres por internet pero no había nadie que cerrara; en el área de sepelios de AMIA solo fallecieron dos personas, un muchacho de 30 años que estaba pagando un entierro y una empleada de 37, demasiado joven para ser Jana. Me obsesioné unos días con Rosa Perelmuter, una telefonista de cincuenta y pico que trabajaba en otra área, pensando que quizás era otro nombre de Jana y que podía ser que a Jana la hubieran cambiado de área, pero cuando hablé con Jaim se rio y me dijo que fue lo primero que él descartó cuando yo le conté, habló con Memoria Activa sin dar demasiadas precisiones y quedó todo descartado. Parecía un poco sorprendido de que yo hubiera tardado tanto en pensar en eso; sorprendido negativamente, claro.

Es increíble, pero en la AMIA tampoco pueden afirmarme con demasiada seguridad cuánto costaba un entierro según el año, otra vez dicen lo de los archivos que se perdieron, como si yo no lo supiera. Les comenté que había encontrado en una carta de mi abuela un pasaje que habla de "una parcela cara, que un lugar del mismo tamaño que quedara un poco más lejos de la entrada le iba a salir no te digo la mitad, pero diez o veinte mil pesos menos seguro" y que me interesaba saber de qué año era esa carta, pero me dicen que con ese dato solo es imposible, que podrían ser los sesentas pero también los cincuentas o los setentas sin demasiado problema. No quise decirles la verdad sobre el diario porque temo que me lo saquen antes de que yo sepa qué puedo hacer con él. Igual ya está: con la referencia a la Noche de los Bastones Largos un poco me ubiqué. Lo que tengo que hacer es encontrar a la compañía y algún material gráfico de las producciones de las que habla el diario, ver si algún apellido me acerca a contactar a Jana o a Sarita, o incluso a Daniel si está vivo. También podría rastrearlo a David, ahora que lo pienso, si se siguió dedicando a la educación quizás terminó siendo director de algún colegio judío o trabajando en Hebraica o algo, y aunque no se acuerde mucho del teatro me puede servir para encontrar a Jana o a alguien de su familia.

Discutimos con Gabriel hoy a la mañana. Se enojó porque falté a la reunión del UBACyT, dice que hace dos reuniones que no voy y es verdad, lo que pasa es que la semana anterior tuve que repetir los estudios para el ginecólogo, y esta semana estuve repitiendo (el verbo del mes es repetir) las entrevistas que ya hice para preguntar por Jana, Sarita y Daniel, además de concretar entrevistas nuevas, que eso también lleva mails, llamados, convencer gente, encontrarla, todo eso. Guillermo, el de la mamá y las joyas, dice que recuerda muchas puestas de *El díbuk*; le pregunté por alguna de los sesentas tardíos, cuando él ya tenía veintipico. Me dijo que se le hacía difícil distinguir pero que casi todas las cosas que vio en esa última época del teatro judío le habían parecido horripilantes, por lo amateur por un lado pero también porque ya había empezado a frecuentar otro tipo de teatro con amigos y esa cosa medio zarzuela de las puestas judías le parecía muy anticuada. Después de un rato más de charlar llegó a la conclusión de que segurísimo vio una puesta de *El díbuk* a finales de los sesenta, porque me dijo que recordaba la sensación de charlar con una amiga sobre el desperdicio que era hacer una obra así, que está objetivamente buenísima, de una manera tan chabacana, y que esa no era una conversación que él podría haber tenido antes de esos años, simplemente por la edad. Me cerraría por todos lados que esa puesta chabacana fuera del tal Daniel. No es mucho, pero es algo. Pero bueno, sí, Gabriel se enojó y dice que estoy obsesionada con el diario este y que ya no presto atención a nada y que voy a llegar a fin de año sin ningún paper y sin ninguna página de tesis, básicamente sin nada, y que encima queda mal que yo ande faltando tanto siendo la novia de él porque cualquier otra persona no se animaría a faltar tanto sin dar una explicación mejor que las que yo doy, dice que lo hago quedar mal, que quedo mal yo, que es un papelón. Es cierto que estoy atrasada pero no sé en qué me ayudaría ir a perder tiempo a ese grupo de mierda del que no saco nada, nadie sabe nada de mis temas ni me hace ninguna observación remotamente productiva o remotamente inteligente, es un lobby que tengo que hacer, yo pensé que él lo sabía, pero me miró con una cara cuando lo dije, o quizás lo sabe pero no lo puede reconocer porque si lo hace tiene que aceptar que es culpa suya porque el grupo es de él, que ni se fijó al armarlo que fuera útil o productivo para alguien, que sencillamente repite instancias y tradiciones que aprendió que hay que repetir (el verbo del mes es repetir) y que no todas las actividades de las que participamos están realmente orientadas a la producción de conocimiento sino que algunas son sencillamente rosca o peor, ni rosca, costumbres que hay que sostener como si se tratara de un rezo. Yo tengo clarísimo que me tengo que poner las pilas, pero para eso me sirve laburar, no ir al coso ese, y la verdad, entre los estudios del ginecólogo y las entrevistas y las investigaciones y cuidar a Juli, porque últimamente él está siempre de viaje o trabajando en la oficina o en cualquier lado y yo me termino ocupando de ella como si fuera la madre, entre todo esto medio que la última de mis prioridades es el grupo de investigación. Ahí Gabriel me dijo que estaba mezclando todo y que lo de Juli no tenía nada que ver, aunque no se hizo cargo tampoco, solo me dijo que él pensaba que a mí me gustaba estar con ella, y obvio que me gusta, entonces bueno, ahí fue cuando me puse a llorar y Gabriel dijo que no se puede discutir conmigo si me pongo a llorar aunque no me estén levantando la voz, que está todo bien, estamos discutiendo como adultos, me tira lo de "como adultos" porque sabe que me molesta, es como decirme que soy una pendeja, pero es muy injusto lo que hace, porque él habla todo calmado y la que grita soy yo pero es que él no me contesta nada de lo que necesito que me conteste. Sé de amigas que tienen novios que les gritan, yo nunca tuve uno y seguro que es un horror, pero la tranquilidad de Gabriel me asesina, me dan ganas de retorcerle el cuello. Si yo estoy gritando prefiero que me grites. Gabriel dice que tengo que ir a terapia, le digo que fui un montón de años y que ya no necesito, pero es mentira, nunca fui a terapia, leo a Lacan y a Freud yo sola cada tanto y me alcanza para convencer a la gente de que sí fui, pero quizás solo a gente que no me conoce tanto.

Mañana tengo entrevistas con gente nueva, estoy empezando a contactar a gente que trabajaba en la AMIA en los sesenta aunque no tengan relación con el teatro, para ver si la conocieron a Jana. Me quedé bastante angustiada porque la pelea no se resolvió, sencillamente la terminamos, pero no me puedo seguir atrasando si quiero hacer el paper con los primeros hallazgos a partir del diario, y la verdad no estoy trabajando en ningún otro tema. Mi única oportunidad de armar algo antes de fin de año es esta.

Para: sabrinak1988@gmail.com
De: silvinameyer1@outlook.com
Fecha: 14-10-2022, 10:12
Asunto: RE: (Sin asunto)

Estimada señorita:

Le contesto este correo porque necesito pedirle encarecidamente que deje de escribirme. Si no le respondí hasta ahora es porque no tengo ninguna información sobre la gente que me menciona, y me permito decirlo, me parece una falta de respeto el modo en que insiste sobre un lugar y una época de mi vida que se ha tornado muy dolorosa para mí. Yo estaba de vacaciones de invierno el 18 de julio pero perdí a muchas amistades valiosas allí. Le recomiendo ser un poco más cuidadosa cuando se dirige a personas como yo sobre este tema, y menos insistente también. En caso de que volviera escribirme esta recomendación le llegará en forma de carta documento.

Atte.

Silvina

Llevé los últimos estudios al ginecólogo y me dice que vamos a tener que discutir opciones. Le pregunté si tengo cáncer y me dijo que no exactamente, o sí, pero no. Es un carcinoma no invasivo, que puede convertirse en un cáncer si no se trata, pero como lo agarramos a tiempo lo vamos a poder tratar y no va a pasar nada; no dijo que no va a pasar nada, dijo "lo más seguro es que no pase nada". Las opciones son mastectomía o una cirugía que conserve la mama. Entiendo que esto segundo es más riesgoso y lo otro es arrancar el asunto de raíz. No sé, le dije, hacemos lo que usted diga. Me felicitó por venir a hacerme estos estudios. Le dije que fue idea de mi mamá porque mi papá se murió de otro cáncer que nada que ver, que el clínico con el que me fui a ver por los dolores no dijo nada del tema pero mi mamá insistió. Me siguió hablando de la prevención y la edad, no escuché, no sé, no me importa. Ya entendí que no me voy a morir y con eso me alcanza. Me dijo de programar la cirugía y le dije que pensemos en el verano, de acá a unos meses, que no quiero hacer un post operatorio ahora, me viene muy mal. Puso una cara y me dijo que su asistente me iba a llamar para conversarlo la semana que viene, que hacer un post operatorio en el verano es peor. Y que antes de decidir cualquier cosa lo charlara con mi marido porque al principio voy a necesitar mucha ayuda. Empezó a dar vueltas para intentar explicarme que en realidad no podíamos esperar al verano, que no había que hacerlo mañana pero tampoco era algo que pudiera esperar tanto, no era un cirugía estética. Le dije que no hiciera caras y que me hablara como a un adulto, si me dice que es urgente lo hago urgente, no estoy loca ni me quiero morir. Solamente estoy ocupada.

La buena noticia es que una vieja con la que hablé esta semana dice que recuerda a una Sara que era actriz y se casó con un Daniel. La mala es que dice que se fueron a Israel en los 70 cuando la cosa se puso peluda. Le pregunté si se le ocurría alguna forma de contactarlos pero ni siquiera se acuerda de los apellidos. Cuando me dijo eso empecé a dudar, básicamente porque los judíos recordamos los apellidos de todo el mundo. Me preocupa un poco que a veces les insisto tanto a mis entrevistados con las cosas que necesito que siento que les implanto recuerdos, me dicen que sí por decir, no es que lo hagan a propósito, es que de verdad de pronto les empiezan a sonar los nombres o las historias que les cuento. Tengo que volver a escuchar más y pedir menos.

Encontré en una revista del ICUF el afiche publicitario de una producción de *El díbuk* de 1966, pero la fecha es anterior a las del diario de Jana, aunque bueno, quizás se le cruzaron los días, no sé. Supongo que ya estoy tratando de inventarme excusas para que las cosas me sirvan, se acomoden a lo que necesito. Lo de *El díbuk* igual no me parece tan grave porque al menos Guillermo lo recordaba, y cuando se lo conté a Jaim me dijo que a él también le sonaba esa versión amateur. Lo que me sorprende es que nadie recuerde la producción de *Dios de venganza* de la que habla el diario. Solo dos personas recuerdan puestas de los años sesenta, encontré afiches de esas dos producciones y en ninguna las protagonistas eran actrices argentinas. Graciela, una escenógrafa de la época que estuve entrevistando esta semana, me dijo que a ella realmente le parecía poco factible una puesta amateur de *Dios de venganza*. Dice que es poco probable que actrices no profesionales se hubieran tirado a hacer una obra homoerótica, que en esa época eso era para las que hacían vida de actriz, no para chicas que después tenían que casarse bien y eso. Le dije que quizás Jana y Sara eran actrices con aspiraciones en una compañía amateur, me dijo que podía ser pero me lo dijo a desgano, siento que no le sonó muy lógico. Me mostró fotos que tiene de una escenografía que hizo y se lamentó por la pérdida del archivo que había en la AMIA: me cuenta que estas son las poquitas fotos que se quedó, que en los ochenta se mudó y donó un montón de cajas al centro de investigación que estaba alojado ahí, que en esa época tenía otro nombre.

Trato de que no se note, pero estoy empezando a perder la paciencia. Googleo "atentado a la AMIA", hago zoom, una y otra vez, sobre todas las fotos que aparecen. Vi esas fotos en sus versiones analógicas, las he visto con lupa, pero creo que lo del zoom es más efectivo. Habría que medirlo, no estoy segura, en fin, de todos modos: hago zoom una y otra vez sobre las fotos del atentado, por si se ven papeles. Por si se ven todos los papeles y los archivos que no encuentro, todo eso que hoy no está, esas pérdidas que nadie lamentó porque nadie piensa en los papeles cuando se mueren personas. No veo nada, por supuesto. No entiendo bien de qué me estoy agarrando, ni qué me gustaría encontrar: y si viera los papeles ¿qué? Es imposible descifrar si son papeles importantes o fotocopias intrascendentes, si en esos documentos se cifra la clave de la historia de la cultura judía en Argentina, si hay un volante o una reseña de un diario comunitario que contenga la pista definitiva sobre la última actriz del teatro judío, o si es sencillamente el dorso de un DNI, la copia legalizada de una libreta cívica o un talonario de facturas, una de esas cosas que solo importan ese día, que se imprimen para tirarse, para lo contrario de la posteridad. No sé si alguien piensa mucho en esto pero más allá de los archivos que guardara, de los textos o los libros que pudiera contener, más allá incluso de las personas que la ocupaban, la AMIA no era un templo ni una biblioteca: la AMIA era una puta oficina. Llena de papeles idiotas.

Me dormí sola pensando en esto porque se hicieron las 12 y Gabriel no llegaba. No lo escuché entrar, aunque sí estaba en casa cuando me levanté, ya trabajando en su estudio. Debe haber dormido conmigo pero no lo registré, pero quizás se tiró en el sillón, o llegó a cualquier hora y directamente se puso a trabajar. Creo que ya no me soporta. Dice que estoy obsesionada y que no me importa nada más que el puto diario este. Lo curioso es que yo sigo enamorada de él, aunque a veces parezca que no le presto atención. Me doy cuenta cuando no está y cuando lo miro trabajar en silencio y pienso que muero por que levante la vista y se acuerde de que estoy, o porque hay días que siento que solo existo para que él me escuche hablar, aunque cuando me empieza a escuchar inevitablemente me pongo a pensar en otra cosa y me dan ganas de irme. A veces pienso que nos amamos pero que nos cuesta el estar juntos; hay gente que se ve y se olvida, que cuando deja de verse o de coger se desengancha. Nosotros somos al revés, nos preferimos ausentes, en la versión fantasmática. Nos desenganchamos cuando estamos demasiado cerca.

La semana pasada Gabriel se puso de mal humor porque fuimos a ver una obra supuestamente judía que resultó ser una idiotez, una especie de stand up sobre una "idishe mame". Si yo hubiera sabido que iba a ser tan mala ni la hubiera sugerido, pero qué sé yo, todo lo que es teatro judío lo tengo que ver, yo me he comido mil obras garrón por él y por su trabajo. Me dijo que lo del teatro judío le parecía el tema más pelotudo del mundo, una cosita folklórica y simpática para pegar subsidios de organizaciones de la cole y viajes a Tel Aviv, pero que no iba a sacar nada interesante de eso, que es mentira que el teatro judío influyó sobre el teatro argentino, si casi todo eran unos vodeviles de mierda completamente atrasados. Me puse a llorar y me pidió perdón y nos arreglamos, pero sé que todo lo que lo dijo lo piensa en serio, si yo a veces también lo pienso. Yo probablemente no me dedicaría a esto si no fuera por la cosa arqueológica, eso que hoy me tiene tan hinchada de huevos. Me hubiera dedicado a algo más interesante, a un tema que me permita formular teorías sobre el teatro y su relación con el mundo y la belleza y la vida.

Al día siguiente me junté con Jaim para pedirle una firma para mi informe anual y él me dijo que para él mi hipótesis sobre el fin del teatro judío era muy profunda, y que por eso también le parecía lógica mi obsesión con encontrar a la última actriz. Pero es que a mí me gustaría que mi hipótesis se tratara más del teatro, del teatro en sí mismo, y no solamente de esto que siento que se trata para mí, de la disolución de una identidad en otra, de la asimilación no ya como una forma de la muerte sino como un camino a la vida eterna, a la transmigración, la reencarnación en otros pueblos y otras identidades, formas de expresión que desaparecen pero siguen entre nosotros. Jaim dice que esto es exactamente de lo que se trata el teatro; pero supongo que sabe a lo que me refiero cuando digo que me gustaría que mi tesis hablara más del teatro, que fuera puramente estética, que no tuviera nada político, nada judío, nada que no sea arte puro y venerable y respetable y elegante.

De: turnos-noreply@centrodiagnostico.com.ar
Para: sabrinak1988@gmail.com
Fecha: 20-11-2022, 10:04
Asunto: confirmación turno

Señora Kovacs:
Queda confirmado su turno para el control prequirúrgico el próximo 22 de noviembre a las 10 AM. Recuerde chequear las indicaciones con su médico para presentarse (horas de ayuno, orina de primera mañana).

Cordialmente,

Centro diagnóstico

De: gabrielgorelik@filo.uba.ar
Para: jaimhoffman@yahoo.com.ar
Fecha: 23-11-2022, 09:02
Asunto: RE: Sabrina

Hola Jaim, traté de llamarte pero quizás tengo mal tu teléfono. Quería saber si sabías algo de Sabri. Ayer tenía que volver de Entre Ríos pero nunca llegó, y hace días que no me contesta. Mis mensajes no le entran al teléfono, supongo que quizás ahí en Villaguay no tiene señal, pero me preocupa.

Saludos,

Gabriel

No sé qué esperaba de este viaje. Estoy buscando a gente que ya no está. La gente que la recuerda no recuerda lo que yo necesito que recuerde. No está pasando nada, no estoy avanzando en nada. Así y todo, es la primera vez en mucho tiempo que tengo la sensación de que estoy en donde tengo que estar, de bancar la parada. Si me quedo lo suficiente, si no pierdo la paciencia, algo tiene que pasar. Algo tiene que ceder.

No hay archivos, no hay papeles, no hay imposturas. La gente me miente menos que en Buenos Aires. Si no saben algo, sencillamente me dicen que no lo saben. Quizás también encontré mi voz de investigadora: ya no les estoy implantando recuerdos, como hice con la gente de Buenos Aires. No dejo que se den cuenta de lo que estoy buscando, de lo que necesito escuchar: no dejo transparentar mi demanda de amor. Entiendo que esto debe ser empezar a pensar como historiador, o como investigadora. Le escribí a Marina para contárselo. En cualquier caso, me pone contenta.

Las primeras noches dormí en la casa de Rebeca, mi contacto acá, pero me dio pudor seguir ocupándole el living y me vine a la posada más barata que encontré, que no está tan mal. Me duele mucho la cabeza, de a ratos, y estoy muy cansada, más de lo que debería. Pero dormir sola es un placer. Me cuesta creer que tantos judíos se hayan afincado acá. Los judíos somos ratas de departamento. Acá la gente monta a caballo y está bronceada y habla pausado; evidentemente es otra cosa.

Anoche me dormí leyendo mis partes favoritas del diario; siempre me caliento cuando llego a la escena del microcine, cuando el tipo empieza a masturbarse delante de ella y ella no hace nada. Me bajé, por supuesto, la película esa medio erótica que ven: es aburridísima pero me calenté igual pensando en la historia del diario, en la pija arrugada del tipo ese que tenía la película del Díbuk y no pudo aguantarse las ganas de que ella lo viera pajearse. Todo lo que sea no poder aguantarse las ganas de algo me calienta, los eyaculadores precoces me calientan; los violentos no, la verdad, me calienta la cosa del tipo que no se puede aguantar las ganas y entonces hace algo patético, como acabar antes de ponerse un forro o masturbarse en un microcine esperando una mirada afectuosa, o sin afecto incluso, una mirada cualquiera, un reconocimiento de algo.

De: jaimhoffman@yahoo.com.ar
Para: gabrielgorelik@filo.uba.ar
Fecha: 24-11-2022, 17:20
Asunto: RE: Sabri:

Estimado:

Con todo respeto, prefiero no participar de los asuntos privados suyos y de Sabrina. De todos modos, comprendo su preocupación, así que le cuento lo que sé: Sabrina me escribió por última vez hace casi una semana, cuando llegó a Villaguay. No me dijo nada de su fecha de regreso, solo que nos mantendríamos en contacto y que pensaba quedarse hasta localizar a esta fuente que encontramos, una supuesta sobrina de la Sara que aparece en el diario. Lo tengo al tanto de cualquier novedad. Le solicito haga lo mismo.

Un saludo,

Jaim

De: arimini@filo.uba.ar
Para: sabrinak1988@gmail.com
Fecha: 27-11-2022, 10:10

Hola Sabri, te escribo porque me saltó que está por vencer la entrega de la monografía del seminario que cursaste conmigo, el de teatro rioplatense de la década del 20, ¿te acordás? Me entregaron ya todos los alumnos de esa cursada y me sorprende que me falte el tuyo porque te vi enganchada, incluso recuerdo que ya tenías pensada la hipótesis para el trabajo, o al menos el tema. ¿Quizás me la mandaste y se me perdió? Vence mañana técnicamente pero si a mí se me perdió lo hablamos en la reunión de departamento.

Un saludo,

Antonio Rimini
JTP Historia del Teatro Universal - Facultad de Filosofía y Letras, Universidad de Buenos Aires.
Investigador Asistente CONICET

No hay teatro acá en Villaguay; o sea, hay un solo cine-teatro, pero en este momento no hay nada programado. Me pregunto cómo sería vivir en un lugar en el que no hay teatro. La respuesta: igual que vivir en cualquier otro lado. El teatro no cambia nada. Yo viví muchos años sin ir al teatro en una ciudad llena de teatro, y no pasó nada; la mayoría de la gente, de hecho, pasa así toda su vida. Es como un pez preguntándose cómo es vivir sin bicicletas. Pero no, no es cierto: los años que yo pasé sin ir al teatro fueron terribles. Vivir sin teatro para mí sería terrible, pensando en que uno tiene que irse de viaje para ir al teatro, que los actores viven en una ciudad que no es la de uno. Sería un horror. La gente se va al campo, Marina ahora está delirando con eso, y no piensan tanto en lo que es vivir sin teatro. "Puedo venir un fin de semana por mes y ver teatro", dice Marina, si igual es cierto que casi nadie va al teatro más de una vez por mes. Pero no es lo mismo estar donde pasan las cosas que tener que irte de vacaciones al lugar donde pasan las cosas.

Yo por eso odio las vacaciones, no encuentro nada que disfrutar en vacaciones: el lugar en el que vivo para mí siempre tiene que ser el mejor del mundo, no me gusta ni siquiera pensar que hay lugares mejores y medio que el propio concepto de las vacaciones presupone eso. Iría quizás a ver teatro a Nueva York o a Londres, eso un poco me intriga. Igual esto que estoy haciendo ahora no son vacaciones. Le digo a la gente que es trabajo, pero no lo creo, el trabajo lo podía hacer por teléfono. No es trabajo, pero tampoco es vacaciones, es otra cosa.

De: jaimhoffman@yahoo.com.ar
Para: sabrinak1988@gmail.com
Fecha: 04-12-2022, 09:32
Asunto: urgente contacto

Querida Sabrina:

No sé en qué estás con tu marido y te pido disculpas si me estoy entrometiendo. No voy a decirle nada a él sobre tu paradero, te lo prometo, pero me preocupa que no contestes acá ni atiendas el teléfono. No me cuentes nada, no hace falta: me alcanza con un correo que diga "estoy ok".

Un saludo,

Jaim

Epílogo:

Silvia

De: silviacherzynsky@yahoo.com.ar
Para: sabrinak1988@gmail.com
Fecha: 10-01-2023, 14:14
Asunto: RE: (Sin asunto)

Querida:

No sé cómo hiciste para encontrarme, ni por qué le pusiste tanto ahínco. Cuando me escribió Mimi diciendo que alguien me buscaba de parte de Sarita entendí cualquier cosa, y cuando me quiso explicar entendí menos, hasta que dijo lo del diario. Tardé mucho, de todos modos, en acordarme de él, porque hace años que no llevo diario. Me cansa escribir a mano y aquí en la computadora lo hago muy pero muy lento, no es culpa de la computadora, si yo de joven escribía a máquina a toda velocidad, es culpa de los años, pero bueno así son las cosas. No podría jamás escribir con la frecuencia con la que lo hacía en ese momento, me volaban las manos, y la mente supongo, que hoy también es más lenta.
Ya casi nadie me llama Jana, eso también me confundió, que dijeran que alguien me estaba buscando con ese nombre. Todo el mundo me dice Silvia,

que es el segundo nombre; el otro me lo terminé quitando, no del documento pero me lo quité en los hechos, hace un montón que no lo uso. Mimi te lo entendió porque la gente que me sigue llamando así es gente de esa época, Daniel, Sarita, Hinde, pero es toda gente con la que solamente me escribo, en mi vida real ya no hay nadie que me llame así. En mi casa me decían Jana, o Jánele, y como trabajaba en una institución judía se estilaba que te llamaran por tu nombre judío ahí también. Después empecé a trabajar como secretaria en una obra social sindical, allí me jubilé, y entonces fui dejando de usar el otro nombre. Mi marido, que no era judío, no lo debe haber escuchado nunca, aunque lo sabía por mi documento. Ahora que me lo recordaste les voy a contar a mis nietos que yo tengo este nombre, porque ellos no lo deben saber. Mi marido lo sabía porque me hacía los trámites y entonces siempre andaba con mi documento, y mis hijos me hacen los trámites ahora así que supongo que saben, pero mis nietos no. Es gracioso que hayas tenido que ir a Villaguay para enterarte de todo esto, porque yo no viví nunca ahí, ni debo haber ido muchas veces, solo una o dos veces que fuimos a hacer funciones con la compañía, porque ahí siempre hubo teatro judío. No me gusta para nada el campo, me parece aburridísimo, y si me aburre ahora imaginate antes. Buenos Aires es la única ciudad en la que he vivido, y a estas alturas todo indica que eso no va a cambiar.

No puedo responder todas tus preguntas. Ni voy a intentarlo. Lo importante son un par de trazos. Sarita y Daniel, en efecto, se casaron y se fueron a Tel Aviv en los setenta. Para esa época Daniel tenía unos grupos de lectura y análisis de teatro europeo que se hicieron un poco sospechosos. Les entraron como tres veces a la casa antes de que decidieran irse. Mantuve correspondencia con ellos unos años después de eso. Sara y yo nunca habíamos sido amigas pero nuestro grupo de teatro se volvió una especie de cofradía secreta durante la dictadura, aunque la mayoría de nosotros ya no actuábamos, solo nos dedicábamos a conversar sobre el teatro que nos gustaba. Tal como descubriste, éramos amateurs. En ese momento creo que pensábamos que había alguna oportunidad de convertirnos en profesionales, de vivir del teatro, quiero decir, pero supongo que no tuvimos ni la suerte ni el talento. Yo creo que Sara podría haber sobrevivido en el teatro común si se lo hubiera propuesto, es que era tan linda ella; todavía lo es, pero bueno, tenemos otra edad.

¿Te dijeron que encontraron mi diario en los escombros? Supongo que podría ser, yo por supuesto le había perdido el rastro por completo, pero lo que quiero que te quede claro es que yo no estuve en el atentado. Que no me morí ahí ya lo sabías, tonta no sos y la lista de víctimas es pública, pero quiero decir, yo ni siquiera estuve allí ni podría haber estado porque ya no trabajaba en AMIA cuando sucedió, y creo que casi no quedaba

nadie de mi época; mentira, quedaba David, pero sobrevivió porque estaba de vacaciones, mucha gente estaba de vacaciones de invierno, él para esa época seguía trabajando en jinuj pero ya tenía hijos y a algún lado se los llevó. Pobrecita vos, ¿no? Si alguno de nosotros se hubiera muerto ahí para vos hubiera sido todo mucho más fácil.
A mí me echaron en el 72, casi seguro, o en el 73, algo así. No me echaron estrictamente: me invitaron con la más suma amabilidad a retirarme porque me la pasaba descolgando el teléfono para leer y en algún momento se hizo muy obvio, me agarraron un par de veces y me sancionaron y la tercera o la cuarta vez que me agarraron me dijeron que me iban a acercar una renuncia. El diario debe haber quedado en el cajón del escritorio. Lo loco es que haya quedado ahí tantos años, ¿no? Casi veinte. No descartemos el hecho de que te hayan mentido para ponerle misterio a la historia del diario, cualquiera que lo haya leído podía saber que yo trabajé en AMIA e inventarte esa historia. Imposible saberlo.
Mi hija me ayudó a escanearte unas fotos que tengo de nuestra versión de *El díbuk*, eso te estoy mandando. Me escribiste que fue la última, en tu mail, que pensás que fue la última versión de *El díbuk* que se hizo en Argentina, pero yo te aseguro que no. La nuestra fue en el 68 y yo recuerdo perfectamente una que se hizo en 1970, e incluso alguna otra después. Deberías buscarlas. Yo casi no salgo en las fotos de *El díbuk*, pero fijate que hay

una que estoy de espaldas, como que justo estoy saliendo de escena y me queda la cara tras bambalinas y el cuerpo todavía en el escenario. Sara sí sale bien en varias. Les escribí a ella y a Daniel para preguntarles si pueden ayudarte, no creo que tengan problema, pero tampoco creo que te sirva de tanto. Nuestra compañía amateur no vivió casi nada. Hicimos tres o cuatro obritas cortas olvidables, de hecho ni yo recuerdo los títulos y ya ves que recuerdo casi todo, la versión esta de Ansky y pará de contar. Fuimos de las últimas, y creo que todas las de esa época eran casi tan decadentes como la nuestra, pero ni siquiera fuimos "la" última, así que ni eso podemos tener de especial.
Ah sí, lo de *Dios de venganza*. Ya ves que no la listé recién, pero es que en realidad esa obra no la hicimos, por eso nunca la encontraste. Es mi obra favorita, y yo le dije a Daniel que me encantaría que la hiciéramos, pero me dijo que a él era una obra que no le gustaba, le parecía chabacana y mucho menos sofisticada que *El* díbuk, y por eso le parecía innecesario meterse en el lío ese de las lesbianas, así que bueno, esa parte la inventé. Después de la versión de *El díbuk* nuestra compañía se desarmó, y yo me quedé varios años sin nada que hacer, sin repertorio. Seguí tomando clases de teatro un tiempo, pero después las dejé porque no soportaba hacer clases de teatro sin tener siquiera la ilusión de actuar. Es muy duro eso, sabés. Yo siento que hay otras cosas que se pueden hacer para una misma. Tocar un instrumento, por ejemplo, escribir incluso; son

todas cosas que podés hacer en la soledad de tu habitación, o para mostrarles a algunos amigos. Pero actuar no es así. Actuar es en escena, no existe sin eso. Yo escucho que hay gente que toma clases de teatro no para actuar sino para relajarse o algo así. Yo no puedo. Sin esa ilusión, sin ese peligro, tomar clases de teatro es doloroso para mí. Así que lo dejé. Nomás iba cada tanto a los grupos de discusión de Daniel, pero de eso más que entristecerme me aburrí. Sara no iba, eran todos hombres.

Fue más o menos por esa época, después de que dejé las clases de teatro, que retomé el diario y escribí la parte de *Dios de venganza*. Me basé en mis recuerdos: yo había visto esa obra siendo muy pequeña, con diez o doce años, en una producción a todo trapo de una compañía de Nueva York que había venido de gira, había ido con mis dos padres, y recuerdo la conversación que ellos tuvieron después. Esto tiene que haber sido en los años cincuenta. Los chicos en esa época siempre estábamos viendo las obras de los grandes, porque entrábamos gratis al teatro ídish, y porque además no sé, se estilaba así, no había teatro para chicos como hay ahora y tampoco había tantas niñeras, te llevaban a cualquier parte y ya. Pero bueno, recuerdo que discutieron porque les pareció un poco escandaloso que yo viera el beso entre dos mujeres y se estaban echando la culpa el uno al otro, mi padre decía que mi madre no podía ser tan distraída de no darse cuenta que eso iba a pasar y mi madre juraba que sus amigas que le habían recomendado

la obra le habían dicho que a pesar de la trama no había nada obsceno, que no se besaron. Y resulta que después no sé cómo, si alguien les contó o se lo inventaron ellos también, resulta que llegaron a la conclusión de que en algunas funciones había beso y en otras no, y entonces se perdonaron, y yo me dediqué a imaginar que por qué en algunas funciones se besaban y en otras no, si sería una decisión consciente o algo que sencillamente pasaba en escena, una magia que las empujaba. Era tan joven yo que ni siquiera podía imaginarme que esa magia que las empujaba pudiera ser el deseo, un deseo sexual genuino, quiero decir; para mí solo podía ser el teatro.
Debe haber muchas otras cosas inventadas en esa parte del diario, te diría sobre todo en esa parte, pero quizás también en otras; si necesitás chequear algo en particular podés preguntarme y si me acuerdo te diré si es verdad o lo inventé. Hablo de los hechos, de los acontecimientos, cuando digo que mentí hablo de eso: las emociones son todas ciertas. Qué risa que digas que te vas a morir de cáncer de mama. Nadie se muere de cáncer de mama. No sé qué dicen las estadísticas pero yo te lo juro: yo voy a cumplir 77 años, y en toda mi vida, te aseguro, he visto decenas de amigas sacarse tetas y ponerse tetas. Siempre zafan. Ocupate de lo que tenés que hacer. Nada más. No seas loca.

Tuya,
Silvia

Índice